御伽の国の聖女様！

～婚約破棄するというので、聖女の力で結界を吸収してやりました。精々頑張ってください、私はもふもふと暮らします～

フェン
マーガレットの仲間になった魔狼。
真面目で面倒見がいい。
マーガレットを主《あるじ》として
認めている。
アーさん
マーガレットの仲間になった悪魔公《デーモンロード》。
マーガレットの魔力により受肉して、
人間の姿になった。
イケメン。
マーガレット
国を追放された元聖女。
国を守っていた結界の力を取り込んだため、
とんでもない魔力量を誇る。
面倒くさがりだが、
遊びも仕事もやるときは全力投球。
登場人物紹介

王子
マーガレットの元婚約者。
国王
マーガレットが
聖女をやっていた国の王。
ルールー
マーガレットの
聖女時代の秘書。
マーガレット大好き人間。
シルフィ
マーガレットたちの仲間となった
エルフたちの代表。
マーガレットに忠誠を
誓っている。
バレンタイン
戦闘が大好きな魔族の少女。
「魔槍姫」として
魔界でも知られた存在。

目次

御伽の国の聖女様！

~婚約破棄するというので、聖女の力で結界を吸収してやりました。
精々頑張ってくださいい、私はもふもふと暮らします~

第一章　婚約破棄

「マーガレット・グレアム、お前と王子の婚約を破棄する。それに加えて、王家への不敬罪で国外追放を命じる」

ある日、王城に呼び出された私は衝撃を受けました。婚約破棄されたことに対して？　いえ、それはあまり気にしていません。王子との婚約はろくなものではなかったですから。身に覚えのない罪状にも驚きましたが……それ以上に驚いたのは追放を命じられたことです。

思わず国王に尋ねてしまいました。

「追放ですか？」

「誰が発言を許したのだ！」

「……」

本当に追放する気なんでしょうか。私は国を守る聖女として生まれた存在なのに。

この王国には、常に一人の聖女が存在します。聖女は貴族の血を引く者から生まれ、国を守るための結界を維持する役割を担《にな》う。

そして、今代《こんだい》の聖女はこの私、マーガレット・グレアム。

「貴様の追放に際し、グレアム家からは領地を剥奪《はくだつ》し、家門取り潰しとする」

グレアム家はそもそも私一人しかいないですし、領地もただの荒地です。

「王家を侮辱した罪を、しっかりと償《つぐな》うのだな」

だから、侮辱なんてしてませんよ。完全にでっち上げですね。

国王は兵士に命じて私を連行しようとします。

「待ってください、少しだけ言いたいことがあります」

「む、なんだ……仕方がない。最後に発言を許す」

「はい。私を追放するそうですが、結界はどうするつもりで？」

そう言うと、一瞬その場が静まり返りました。そして、直後に大きな笑い声が響き渡ります。

「ぐはははは、結界？　そんなもの、まだ信じているのか。ああ、貴様は聖女だったか？　もし、本当に結界なんぞがあったとして、我が国が今更そんなものに頼る必要などないだろう」

国王に追従するように王子も口を開きます。

「そうだよ！　父上の言うとおりだ。結界などあるわけがないだろう？　君を婚約者にしたのは、民からの好感度を得るために過ぎない。馬鹿な国民はいまだに結界と聖女の存在を信じているからね」

「ぐふふ、おかげで国民の支持は得ることができた。そして貴様が追放となれば、その人気は王家に移るというものよ」

「父上、それは言わない約束でしょう？」

「む、そうだったな。ぐははは」

めちゃくちゃ聞こえてますよ、この馬鹿親子。ようするに、人気のある聖女という立場をなくし、国民の支持を王家に集める。それが狙いですか。

「……言いたいことはそれだけです」

そう言って私は口を閉ざしました。

……まさか本当に結界の存在を信じていないとは思いませんでした。本当に馬鹿ですね、この親子。

まあ、何百年も国を守っているとはいえ、結界を感じ取れるのは聖女のみです。

他の人は信じられなくても仕方ないのかもしれないですが……

だけど、結界は紛れもなく存在します。この国を恐ろしい魔の手から守る結界が。

私がいなくなれば、その結界も維持できなくなって消滅するのですけど……関係ないですね。

私は兵士に連れられて屋敷に戻りました。そして、最低限の荷物をまとめて国外追放の準備をします。

お世話になった人にお礼を言いたいですが、そんな時間はもらえなそうです。

そして、私は追放されました。

季節は秋になる頃、冷たい風が吹いています。

国境にある門から追い出され、一人きり。兵士もついてきません。

私にだけ見える結界の膜を抜けて、今まで一度も出たことがない外に出ます。いつもは結界の中から修復などの管理をおこなっていますから。

そのまま歩き始めようと思ったのですが、どうしても王子や国王の顔が脳裏にチラついてしまいますね。このまま追放を受け入れてもいいですが……よし、やってやりましょう。

私は振り返り、他の人には見えない結界にそっと触ります。そして、一呼吸。

「えいっ！」

今までは結界を維持するために聖女の力を使ってきました。ですが、今回はそれを逆に使って、結界を破り捨てます。ただ、それだと結界の膨大な魔力がもったいないので、私が吸収しましょう。

「それじゃあ、結界のない無防備な王国を頑張って守ってくださいね、元婚約者様」

結界がなくなるということは、邪悪な存在が王国に入っていけるということです。たとえば悪魔とか、魔族とかですね。

「お、おお。凄まじい邪気が王国に向かってますね……」

結界がなくなったことに気づいたのか、魔界からたくさんの生命が近づいてます。さて、国王と元婚約者様、王国を守りきれますか？　私には関係のないことですが……混乱する王や王子を想像すると胸がすく思いです。

「さて、私はどうしましょうか……ってあれ、邪気が私にも向かってきているような」

すごく可愛らしい邪気ですが……

邪気の方に近づいてみると、ちょうど私の目線あたりの宙に、魔界と現界――この世界を繋ぐ魔法のゲートが現れます。そして、そこから小さな狼さんが現れました。

「なっ……」

か、か、か……

「可愛いぃぃぃぃ！」

「な、なんだこの人間⁉」

「きゃぁぁぁぁ、しゃべったァァァ⁉」

ちょっと大袈裟《おおげさ》に反応しすぎたのか、狼さんが引いてます。……王国が酷い目にあうことを想像して、テンションが上がっていたのかもしれないですね。

「にしても可愛いですね」

見た目は普通の狼のようですが、とにかく毛がもふもふです。子犬のような大きさなので、それも相まってとても可愛らしいですね。この魔力の雰囲気からして、魔界の生命だとは思うのですが……

ちなみに、魔界の生命は知能がとても高いものが多いです。

「急に冷静になるのだな……して人間。なぜ我の魔法が効かない？　さっきから我の魅了魔法を弾き続けているぞ？」

やはり魔界の生命だったようです。話し出しました。魔法も使えるようですね。

「私は聖女ですからねー、そういうのは効きませんよ」

膨大な魔力でできている結界を常日頃管理しているので、聖女は魔力に対しての耐性が高いのです。

「そのようだ……では、力でお前を……！」

「はいはーい、そういうのはダメですよー」

狼は魔力を使って大きくなろうとしますが、私の力で元に戻します。

「なぜだ⁉」

「これを言うのは二度目ですが、私、聖女なんですよ。魔界から悪魔公《デーモンロード》くらい連れてこないと勝てませんよ」

「悪魔公《デーモンロード》など、そうそういるものではないだろう……兎《と》にも角《かく》にも、我はまさか」

「そうですね。私には逆らえません。ということで狼さん、私に従ってください」

口ではお願いしていますが、契約魔法を使ったので逆らえないはずです。契約魔法は本来ならば双方の同意のもと、様々な条件をお互いに課すのですが、魔力に差があるので強制的に結んでしまいました。普通は抵抗されるものですが、元々この狼さん、私に敵対する気持ちが薄かったんでしょうか？　あまり抵抗はなかったように思います。

「……契約魔法を無理矢理結んだのだな。めちゃくちゃすぎるだろう、人間。いくら聖女といえど、そこまでできるものでは……」

「結界の力を吸収しましたからね。強いですよー」

「はぁ……契約が成立した以上、我はもう逆らえん。好きにしろ」

狼さんが諦めたように言います。

さすが魔界の生命。力で負けているとわかれば素直ですね。魔界では力がすべて、と聞きますから。

「さて、私はマーガレットです。あなたの名前は？」

「フェンだ」

「フェンですね。よろしくお願いします、とりあえずモフモフさせてください」

「……もふもふ？」

そうです。うぅ、もう我慢できません。フェンに抱き着いて毛のもふもふ具合を堪能します。

おぉ、想像以上のもふもふ具合です。これはとろけますね……

とりあえず旅の仲間ができました。しかもモフモフの可愛い狼さんです。

フェンには簡単に事情を説明しました。私が聖女であることや、国を追放されたこと。そのため居場所がないことも。

「してマーガレット、お前の事情は聞いたが、これからどうするのだ？　生活のあてはあるのか？」

「ありませんね」

「……魔界から来た我ですら、それはまずいというのがわかるぞ」

ずっと王国にいましたから、外の世界のことなんてわかりません。この先まっすぐ行けば神聖国《しんせいこく》という国があるのは知っていますが、あそこの国はどうも狂信的なイメージが強くて嫌です。あとは帝国があるはずですが、あそこも戦争のイメージが強くて嫌です。

「適当に家を作って適当に暮らすのは無理でしょうか」

「それができるのなら、そこら中に人間がいるはずだろう」

とてもまともな返しをされてしまいました。フェンは狼なのに人間の暮らしというものを理解しているのですね。

「いや、私は挑戦します。外界と関わらずのんびり暮らすなんて最高じゃないですか」

王国にいた頃は激務でしたから、のんびり暮らすのは夢のひとつです。やってやりましょう。

「まずは場所の選定です。行きますよ、フェン！」

「う、うむ」

ということで、フェンとともに色々な場所を探し回ります。道中は大きくなったフェンに乗っていたので、私はほとんど動いていませんが。大きくなったフェンはとっても素早く、目まぐるしく景色が変わっていく様《さま》は面白かったです。

あと、大きくなっても、もふもふは変わらないみたいです。もふもふー。

「はぁ、はぁ……死ぬ……体力が……」

「おお、ここは素晴らしいですね！　きれいな湖があって、大地も浄化されている。植物も多いですし、ここにしましょう」

フェンのおかげで、とてものどかな場所を見つけることができました。きれいな湖があって、周りには人の手が入っていない自然のままの森があります。

どこの国の領地かはわかりませんが……かなり王国からは離れましたね。人の気配もありませんし、ここに決めましょう。

私もいい加減お腹がすきました。フェンも、かなりバテていますが……

「大丈夫ですか？　フェン」

「大丈夫なわけないだろう！　一体どれだけ走ったと思ってる！」

「とても助かりました、ありがとうございます」

「どういたしましてと言うべきなのか!?」

元気じゃないですか、フェン。とりあえず私の魔力をあげておきます。フェンの頭をなでなでしながら渡しましょうか。魔界の生まれなら、これで元気になるはずです。

「お、おお!?　凄まじい力だ……」

元気になりましたね。しっぽがぶんぶん動いています。

「ちなみに、狩りはできますか？」

「できると思うが……」

「じゃあなにか私の食べるものをお願いします。お腹が減りました」

追放されるときに、食料をあまり持ち出せなかったので。

私のお願いをフェンはしぶしぶ引き受けて森へ入っていきます。

一人になると、少し寂しいですね。なんだかんだ、フェンはよくしゃべりますから……にしても、王国の方、邪気がだいぶ弱まりましたか？　騎士団が頑張って戦っているのでしょう。

ですが、それでは国王と王子が困るという展開にならないですね。むしろ、魔界の軍勢を退《しりぞ》けたと英雄扱いされるかもしれません。

ということで、国王や王子への嫌がらせをしましょう。

まず、魔法を使って、魔界とのゲートを開きましょうか。この魔法はフェンがこちらに来るときに使っていたやつですね。離れたところを繋ぐ魔法です。呼ぶのは……そうですね、悪魔公《デーモンロード》でも呼びますか。

ちょっと前に悪魔公《デーモンロード》くらい連れてこないと私には勝てないとフェンに言いましたが、それは百体くらい連れてきたときの話です。一体なら大丈夫。

ただゲートを繋げるだけだと悪魔公《デーモンロード》が出てくるかわからないので、私の魔力を餌《えさ》に、ある程度大きな魔力を持っていないと通ることができないという条件のゲートを開きます。

あと、もう一工夫です。こっそり契約魔法を仕込んじゃいましょう。ゲートを通ると契約が成立するようにして、と……よし。これでいいですね！

狙いどおり、ゲートから大きな力を持った悪魔が現れます。さまざまな生物の特徴が入り混じった不気味な見た目。見た目に大きな個体差のある悪魔の中で唯一の共通点は、爛々《らんらん》と輝く魔力に満ちた瞳です。

……ちょっと怖いです。力の差を考えれば問題ないはずですが、見た目の圧力が……

「……我を呼んだのは貴様か、人間」

「はい、私です」

「……下等な人間が我を呼び出すなど、万死《ばんし》に値《あたい》する！　死ね！　……あれ？」

「ああ、魔法は使えませんよ。そういう契約のもと、作ったゲートですから。それよりも、王国に行って暴れてくれませんか？」

「な、なにを言っているのだ」

「報酬はこれで」

少し多めに魔力を放出して悪魔の前にチラつかせます。おお、迷ってますね。目が泳いでいます。

「……わかった。王国で暴れればいいのだな」

やっぱり、魔界の生命は力の差がわかると、急に話が通じやすくなりますね。

「はい。危なそうだったら逃げても構いません」

「はっ、なにを言っている。我は悪魔公《デーモンロード》、人間などには負けん！」

そう言って悪魔は魔力を受け取ります。

「……ちなみに、私も人間なのですけど」

私との力量差、伝わってますよね？

「なんか、凄まじい魔力を感じたのだが」

よくわからないという顔をしながら、悪魔さんは旅立っていきました。

行き先は王国ですね。期待してますよ。ぜひあの馬鹿王子と国王の鼻を明かしてやってください。

悪魔さんを見送ると、入れ替わるようにして、フェンが一匹の魔物をくわえて戻ってきました。

うさぎっぽい魔物ですね。あれは王国でも人気の食材だったはずです。じゅるり。

「おかえりなさい、フェン。さっき感じたであろう魔力のことはお気になさらず」

「いや、気にするだろう……国が滅《ほろ》ぶほどの魔力だった気がするんだが……」

「もー、フェンは気にしいですね。それよりも、これが獲物ですか」

フェンがくわえてきた魔物はすでに事切れているようです。にしても……おいしい食材になるのは知っていますが、これどうやって捌《さば》くのでしょう？

「フェン、捌《さば》き方わかりますか？」

「わかると思うのか？」

フェンは高い知能を持つ魔界の生命とはいえ、狼です。知らないですよね。

「困りました。捌《さば》き方がわからないと食べられません。あ、そうだ」

さっきの悪魔公《デーモンロード》をもう一度呼んでみましょう。悪魔というのはとてつもなく長命だと聞きます。捌《さば》き方を知っていてもおかしくありません。

さっき旅立ったばかりですが、多少は王国で暴れてくれたでしょうし。仮に暴れ足りなくても、私のご飯の方が大事です。王国への嫌がらせはいつでもできます。

さっき召喚したときに魔力の気配を覚えましたから……えーと……王都のあたりで魔力を探って……見つけました！

ゲートを使って悪魔さんをこっちに連れてきます。便利ですね、この魔法。座標を指定してしまえばどこでも結ぶことができます。まあ、魔力の消費がかなり大きいですけど……

「ということでおかえりなさい、悪魔さん」

「なんだ、そのめちゃくちゃなゲートの使い方は……」

フェンがびっくりしてますね。

「……そこのぽっかり口を開けて驚いている魔狼の反応が正常だ、人間」

どこか諦めたように悪魔さんはつぶやきます。どうしたんでしょう？

なにか王都で辛いことがあったのでしょうか……この悪魔さんの強さなら大丈夫だと思ったのですが。あとでなにかお詫びをしないといけませんね。

とりあえず、今はお腹を満たしましょう。

「悪魔さん、これの捌《さば》き方を知ってますか？」

「……この魔物は初めて見たが、まぁ捌《さば》けるだろう」

「それはなによりです。では、お願いします」

悪魔さんにナイフを渡します。ですが、受け取ってくれませんね。

「これは契約なのか？　また知らぬうちに制限がかかっては困るのだが」

タダで願いを聞くことはないということですね。

「契約がよければ契約にしますよ？」

「契約内容は？」

「うーん、あ、じゃあ受肉《じゅにく》させてあげますから、しばらくの間私を助けてください」

悪魔は肉体を持っていませんが、たしか大量の魔力があれば受肉《じゅにく》できるんでしたよね。悪魔が魔界から離れて長期間生活するには、受肉《じゅにく》して肉体を得る必要があると聞きます。なので肉体を与えることを条件にすればお願いを聞いてくれるはずです！

ということで悪魔さんに魔力を押し込みます。少し苦しそうですが気のせいでしょう。

「もがっ!?　………………こんな簡単に受肉《じゅにく》してしまうのか」

ある程度魔力を押し込んだところで悪魔さんが受肉《じゅにく》して新たな姿に生まれ変わりました。見た目はかなり人に近くなりましたね。二十代後半くらいでしょうか？　顔は……私の魔力が混ざったせいか、ちょっと私の好みが反映されている気がします。

人に近いといっても、魔力に満ちた金色の瞳は変わっていません。

「人間とはこのような存在ばかりなのか……!?」

「……悪魔公《デーモンロード》よ、この人間が異常なのだ」

「魔狼……」

……あれ？　なんで私よりもフェンと仲良くなってるんです？

ちょっと寂しさを感じます。

「あの、悪魔さんの名前は？」

「ない」

「じゃあ……アーさんで。さっそくですが解体をお願いします、アーさん」

「……承知した」

よかった、名前を受け入れてくれました。よし、それじゃあアーさん、解体と調理をお願いします！

わーい、アーさんの解体術のおかげでおいしい晩ご飯が食べられる……！

「そう思ってた時期が私にもありました」

目の前に置かれているのは、きれいに捌《さば》かれた肉をそのまま焼いただけの料理です。これは……

いくら素材がよくても、素材のままというのは味的に厳しいです。

「それはそうだろう……調味料が一切ないとは思わなかった」

仕方ないでしょう。料理などしたことがないのですから、国外追放されるから調味料を持っていかなきゃという発想にならなかったのです。

「フェンはおいしそうに食べてますね」

「我は元々こういう肉が好きだ」

フェンは生肉をおいしそうに食べています。

「さすがは狼……にしても、冷えてきました」

焚《た》き火をしているとはいえ、湖から吹く風が冷たいです。家が欲しいですね。

「アーさん、家作れます？」

「悪魔が住む家ってどんなものか想像つくのか？　つかないだろう、そういうことだ」

たしかに、悪魔が家を持っていてそこでのんびり暮らしている様子など想像がつきません。

「頑張って作るしかありませんね……とりあえず、今日のところはフェンで暖をとりましょう。

フェン、大きくなってください」

「はぁ、仕方ない」

嫌々ながらも、ちゃんと大きくなって私が寒くないようにしっぽで包んでくれるあたりフェンは優しいですね。王国にいた頃にはあまり出会わなかった優しさです。

「アーさんは寒くないんですか？」

「受肉《じゅにく》したとはいえ悪魔だからな。人間とは違うのだ」

そうですか……では私は寝るとしましょう……ぐう。

「……寝たか」

「寝たな。して魔狼よ、この人間はなんなのだ？」

「聖女と言っていた。王国に張ってあった結界を吸収したらしい」

「どうりで凄まじい力なわけだ……にしても、あの結界はたしか神と人間の間に生まれた勇者が作ったものだったはず。聖女といえどよく吸収できたものだ」

「主《あるじ》が特別なのだ」

「む、主《あるじ》と認めているのか。魔狼よ」

「フェンだ。魔界の生まれならわかるだろう、アーさん。力こそすべてだ」

「まぁ……そうだな。不本意だが、この人間——マーガレットは我よりも強い。それは事実だ」


うん……もう朝ですか。フェンの毛が気持ちよかったのでぐっすり寝ることができました。

「よく寝ました！　さぁ、家を作りましょう」

「目覚めた瞬間から元気だな、マーガレットよ」

「おはようございます、アーさん。フェンは……起きなそうですね」

アーさんは悪魔だから寝ないんでしょうか？　フェンは朝が弱いタイプですね。朝日を浴びながらも、すやすやととても気持ちよさそうに眠っています。とりあえず朝のモフモフを味わっておきましょう。

「もふもふー」

朝日を吸い込んだフェンのふかふかの毛に顔をうずめます。

「なにをやっているのだ、にしてもどうやって家を作る？」

「考えがあります。まずは土地の確保と資材の確保です。アーさん、そこら辺の木を切ってきてください」

「おやすい御用だ」

そう言うとアーさんは指を鳴らして魔法を発動させます。

風の刃が木を切り倒し、残った切り株ごと土地がならされていきます。

「おぉ……さすがですね。素晴らしい魔法です」

「……我は悪魔公《デーモンロード》だからな」

褒められて嬉しそうです、アーさん。

「じゃあ、私の指示に従って木材を加工、設置してください！」

「うむ」

私の指示でどんどん資材が積み上がっていきます。いいですね！　この調子なら一瞬でできそうな感じです。

そう、思ったんですが、現実はそこまで甘くないようです。

「また崩れましたね」

「また崩れたな」

私とアーさんは崩れた木材の山を見つめます。挑戦を始めたのは、朝。それなのにもう夜になりそうです。

何度挑戦しても崩れてしまいます。うーん、やはり私の建築力は死んでいるようです。ちなみに昼頃に起きたフェンはご飯を獲りに行きました。そろそろ帰る頃でしょう。

「どうします？　アーさん」

「洞窟に住むか、建築の知識がある者を探すしかないのではないか？」

知識のある者を探す……また魔界から呼びましょうか？

そんなことを考えていると、フェンが戻ってきました。ですが、様子がおかしいです。大きい。フェンがとても大きいです。

家一つ分くらいまで大きくなったフェンの背中に、耳の長い女性が十人近く乗っています。

「おかえりなさい、フェン」

「ただいまだ、主《あるじ》。食料を見つけたぞ」

食料ってまさか……いやいや、いくらフェンが魔界の生き物だからといって決めつけてはいけません。この人たちが食料だと言っているのではないかもしれませんから。

おそるおそる確認してみます。

「まさか……上に乗っている方々ですか？」

フェンがすごい勢いで首を横に振ってますね……。どうやら食料として連れてきたわけではないようです。

「違う違う、食料として見つけてきたのは魔物だ。こいつらはエルフだそうだぞ」

「エルフ？　王国では見かけませんでしたね」

話を聞いたことはありますけど、エルフを見たことはありません。

エルフといえば、森に住み、自然との調和を大切にしている種族らしいです。

「なぜか森で倒れていた」

「助けたのですか？　偉いですね、フェン」

人命救助というやつですね。褒めてあげます、もふもふー。

フェンの上に乗っかっているエルフのみなさんにも挨拶をしようと思いましたが、なぜかみんな身を寄せ合って怯えています。

「あの、エルフの人たちはなぜそんなに怯えてるんですか？」

そう尋ねると、一人のエルフがおそるおそる指を伸ばします。その指がさす方向にはアーさんがいました。

「……アーさんが怖いのではないか？」

フェンがぽつりと呟きます。

「我か⁉」

エルフの人たちがアーさんの声にびくびくしています。あー、これは間違いなくアーさんを怖がってますね。

「ごめんなさいアーさん、少し離れていてください」

「……」

アーさんは悲しそうにしながらフェンが獲ってきた獲物を持って飛び立ちます。ごめんなさいアーさん、夕ご飯、楽しみにしてます。

アーさんがいなくなるとエルフの人たちも落ち着いてきて、少しずつ話をしてくれるようになりました。

「私はエルフのシルフィ。この者たちの代表をしております」

十人ほどのエルフが次々に挨拶してくれます。正直、シルフィ以外はすぐに覚えられません。全員が素晴らしく美形なので私が男であれば天にも昇る気持ちだったでしょうが……私は女なのでその美貌とスタイルに劣等感しか湧きませんね。

「それで、この森でなにを？」

「里が人間に襲われ、奴隷として運ばれていたところだったのですが……途中、魔物に襲われ、逃げ出すことができました。ただ、行き場もなく放浪していたところでフェン様に助けられまして……」

「フェン様」

フェンが様付けされていて、思わず笑ってしまいます。なにせフェンは今、子犬サイズになって、私の膝ですやすやと眠っていますから。

小さいモードだとこんなこともできます。というか、寝るの早すぎじゃないです？

「ちなみに、帰るところは？」

「里は滅《ほろ》びましたからありません、ぜひともあなた様のところに置いていただきたく」

「私のところといっても、なにもないですよ」

謙遜《けんそん》ではなく、本当になにもないです。家もなければ甲斐性《かいしょう》もありません。

「お願いします、なんでもしますので」

「んー、あ。家作れたりします？」

「家、ですか？　里ではよく作業をしていたので作り方はわかりますが……」

「おお！」

これは思わぬ展開です。魔界から呼ばなくとも知識がある人に出会えました。

「では、家を作ってもらえますか？　私たちの住む家と、あなた方の住む家」

「わかりました！　資材は……」

「アーさん――さっきの悪魔が用意してくれます。怖いのはわかりますが、いい子なので仲良くしてあげてください」

「……わかりました」

ちょっと不安そうですが、仲良くしてくれることを祈りましょう。

「では、そういう方向で」

私に甲斐性《かいしょう》はないので、守ったり養《やしな》ったりするのではなく、共存を目指します。

アーさんとの共同作業ということで、エルフのみなは最初かなり怯えていましたが、アーさんの方から積極的に話しかけたのが功を奏したのか、作業が終わる頃には普通に話すようになっていました。

「できました」

「おお……！　家ですね！」

三日ほどのんびり過ごしていると、エルフたちが家を完成させてくれました。あ、ちなみにエルフたちは服も作れるし、調味料の入手方法も知っていたので生活の質が劇的に上昇しました。幸せです。フェンをもふもふしましょう。もふもふー。

「凄まじい技術力だな」

そうですね。完成した家はエルフならではの意匠が施されているので独特な雰囲気がありますが、王都にあっても不思議ではないくらい立派です。

「アーさんとエルフのおかげですね」

間違いありません。あと、フェンも食料調達ありがとうございました。あれ？　私、なにもしていない？　まぁ、なにもしなくても生活ができるのは素晴らしいことです。はい。

「……我は資材を用意しただけだ」

「そんなことありませんよ、アーさん」

エルフたちが次々にアーさんを褒め称えます。

エルフとアーさんは仲良くなってますね。アーさんの態度は冷たいですが、内心満更でもなさそうです。作業中も積極的に話しかけていましたし。

「では、みんなで我が家に入りましょう。フェン、アーさん、ただいまって言うんですよ」

「なぜだ？」

フェンもアーさんも不思議そうな顔をします。

「いいから、言うんです」

「「……ただいま」」

「はい、おかえりなさい！　フェン、アーさん！」

これが言いたかったのです。

第二章　人と悪魔と魔物と

家ができてからというもの、のんびりとした日々が続いています。

「平和ですねぇー」

エルフたちが作ってくれた家の中は、暖炉があってとても暖かいです。フェンに至っては家にいる間は暖炉の前から動きません。王国を追放されたのが秋でしたから、そろそろ冬が迫ってきていますね。

アーさんはエルフたちと行動することが多いです。調味料探しや服作りなんかもやっているみたいです。

私？　なにもしてないですよ、毎日のんびり過ごしてます。定期的に王国と魔界を繋ぐゲートを作って、あまり強くない悪魔さんを送り込むという嫌がらせをしているくらいです。

「なぁ主《あるじ》よ。暇そうだな」

「暇ですよ。時間を持て余しています」

なにもしなくていいというのは素晴らしいことですよ、フェン。王国にいた頃は、誰が褒めてくれるわけでもないのに忙《せわ》しなく働いていましたから。

「エルフの手伝いをするのはどうだ？」

「んー、もう少しダラダラしたいですねー」

けど、あまりにダラダラしているせいか、少し罪悪感みたいなものはあります。そろそろ働かねば。書類仕事とかはお手のものなんですけどねー。今必要な仕事は力仕事が多いですから。

「まったく……狩りに行ってくる」

「いってらっしゃい、フェン」

さぁ、私は惰眠《だみん》をむさぼりましょう。

SIDE　フェン

まったく、主《あるじ》には呆れる。こうなる前は身を粉にして働いていたらしいので、仕方がない部分もあるだろう。だが働かざるもの食うべからずだ。主《あるじ》の行動を諫《いさ》めるのも僕《しもべ》の役目。いずれは主《あるじ》に小言のひとつでも言う必要があるのかもしれないな。

だがまあ、主《あるじ》が働かないぶんは我が働こう。それもまた、仕える者の役目だ。

「フェン様、あちらに」

「うむ」

エルフの娘の指示に従い、獲物を追い詰める。だが、なぜか今日は獲物を狩りづらい。まるでなにかに怯えているように、みな一目散に逃げるのだ。普段の様子とあまりに違いすぎるな。これはなにか嫌な予感が……

「――フェン様！」

エルフの娘が悲鳴に近い声を上げる。

「む!?」

とっさに身をかわす。直前まで我がいた場所には、真っ黒な魔力でできた槍が突き刺さっている。

「ふははは、よく避けたな、魔狼よ！」

幼い声。この槍を投げた者にしてはチグハグな印象だが……。魔族特有の黒く不気味な翼に、短い角《つの》。幼い外見に似合わぬ強力な魔力。そして魔力でできた槍……おそらくこいつは――

「魔槍姫《まそうひめ》か」

「そうだとも！　私は魔槍姫、バレンタイン！」

魔槍姫といえば、魔界でも有名な存在だ。四天王ほどではないが、実力者として名を知られている。魔槍を操り、戦いと破壊を楽しむ邪悪な性格をしているらしい。

我では勝てん！　逃げねば……いや、我が逃げればエルフの娘が死ぬ。

……やるしかあるまい。

「ガァァァァァァ！」

「ん？　やる気か、魔狼！　いいだろう、私が遊んでやる！」

魔槍など、一撃でも喰らえば我にとっては致命傷だ。だから、身体を小さくし速度で圧倒する！

「おぉ、速いな！」

この森ならば、多少なりとも勝手のわかる我の方が有利！

「だが、速いといっても私ほどではないな」

「なにっ⁉」

凄まじい速度だ。次になにが起こったのかは我にもわからない。鼻っ柱《ぱしら》に凄まじい圧力がかかったと思ったら、次の瞬間には地面に叩きつけられていた。か、身体が動かん……

「フェン様！」

「く、来るな……」

エルフの娘よ。来たら死ぬぞ。

「くくく、魔界の生命がエルフと戯《たわむ》れるか。面白い、面白いが……死んでしまえ！」

くっ、せめてエルフの娘だけは！　動け、動くのだ。我の身体！

「フェン様ぁぁぁぁぁ」

……

……ん？　なにも起こらない？

ゆっくりと目を開けると、魔槍姫の放った攻撃は我に届く直前で、魔力の壁によって防がれていた。

「私のフェンになにしてるんですか。泣かせますよ？　ちびっ子」

魔槍姫と我の間に、果物を頬張る主《あるじ》が立っていた。

◆◆◆

なにやら森の方で大きな魔力を感じたので来てみると、ちびっ子がフェンをいじめていました。

「む？　人間か。くはは！　人間に守られる魔狼など、いてたまる――ぬぉ!?」

おしいですね。魔力の塊《かたまり》をぶつけようとしたのですが。

「避けましたか」

「避けるわ！　当たったら痛いどころか消滅するほどの魔力だったぞ！」

ちびっ子がぎゃーぎゃーと騒いでます。まったく、大袈裟《おおげさ》ですよ。少し魔力を込めただけです。

「主《あるじ》……」

「大丈夫ですか、フェン。エルフの人も」

「大丈夫だ。それよりも主《あるじ》、あれば魔界の実力者、魔槍姫だ。いくら主《あるじ》といえど、勝てる相手ではない、逃げよう」

フェンが珍しく弱気です。尻尾も下がっています。よく見れば、鼻のあたりから血も出ていますし、あちこち傷がついているじゃないですか。

「ぬ、主《あるじ》……？　これは、温かい……」

「私の魔法です。フェンはそこで休んでいてください」

聖女ですから、傷を治すのはお手のものです。ついでにフェンとエルフの人を守る結界も張りました。

「さて、ちびっ子。泣かされる覚悟はできてますか？」

「ふん、少し魔力があるからって調子に乗るな、人間！　私は魔槍姫だぞ！　お前など……これですり潰してやるわ！」

そう言ってちびっ子はたくさんの魔力でできた槍を宙に浮かべます。ちびっ子にしては上手な魔法です。まぁ、私には関係ないですけど。

「喰らえ！」

大量の槍が飛んできますが、魔力で壁を張ってすべて止めます。

「子供は好きですけど、フェンを傷つけ、エルフを怖がらせたのはダメです」

「なっ、すべて受け止めた⁉」

「おしおきです。ちびっ子」

受け止めた槍を、私の魔力で塗り替えます。するとあら不思議、槍は全部私の支配下に置かれました。

「や、やめ……」

死にはしないでしょう。フェン曰《いわ》く、強いらしいですし。さあ、ちゃんと受け止めてくださいね？

「おりゃ！」

「うぎゃぁぁぁぁぁぁぁ⁉」

「ずびばぜんでじだ……」

「謝るのは私にじゃないですよ。フェンに謝ってください」

「ごめんなざぁぁぁぁぁい」

有言実行、泣かせました。槍を撥《は》ね返しただけでは泣かなかったので、色々とやった結果、泣きました。

「えげつない戦いだったな……出した槍をすべてへし折られるとは」

途中でアーさんも駆けつけてくれました。やっぱり優しいです。

「しかも、最後には素手で魔槍を折ってたからな……あれは心が折れる」

なかなか諦めなかったからですよ。それにしてもフェンの怪我が心配ですね。

「フェン、改めて大丈夫ですか？　どこも怪我してません？」

「大丈夫だからモフモフするのをやめてくれ」

「拒否します」

やっぱり、戦うのはあまり好きではないです。フェンやアーさん、エルフのみんなを守るためならいくらでも戦いますが、正直こうしてモフモフしているのが一番です。もふもふー。

「ぐすっ……私はどうすればいいんだ？」

「魔槍姫か。喧嘩を売る相手を間違えたな」

「悪魔公《デーモンロード》か……、なんだあの人間。異次元すぎるぞ……ぐすっ」

アーさん、ちびっ子と仲良くなるのが早いですね。というか、ちびっ子はどういう目的でここに来たのでしょうか。

「なにはともあれ、解決です。さぁ戻りますよ、みんな。私はお腹がすきました」

運動しましたからね。

「マーガレット、魔槍姫はどうする？」

「泣いてるちびっ子を放置するのもあれですし……とりあえず連れて帰りましょうか」

帰る途中で暴れられると困るので見張っていましたが、泣いてるだけで大人しいままでした。

とりあえず、戦って体力を使いましたし、お腹が減りました。エルフの人たちに料理をお願いしましょう。メニューですか？　もちろんお肉でお願いします。

料理が届いたところで、食べながら魔槍姫の話を聞くとしますか。だいぶ泣きやんできたみたいですし、大人しく席についていますから、今更暴れることもないでしょう。

「ぐすっ……私はただ、今までは結界があって入れなかった場所に入れるようになったから、みんなが行こうって盛り上がってて、私も行ってみようかなって思っただけで……」

「ふむふむ」

このお肉、おいしいですね。味付けがとても私好みです。このメニューを多めに出すようエルフのみなさんに伝えておきましょう。

「聞いてないだろ、私の話！」

「聞いていますよ。というかあなたも食べてください。せっかくのおいしい料理が冷めてしまいますよ」

「わ、わかった……」

「いただきますは言いましたか？」

いきなり食べようとしましたね、ちびっ子。ダメですよ、ちゃんといただきますって言わなきゃ。せっかくエルフの人たちが作ってくれたんですから、こういう挨拶は大事です。

「い、いただきます」

「はい、どーぞ！」

今日の料理を作ってくれたエルフが笑顔でちびっ子に返事をします。ちびっ子はこういうのに慣れていないのか、少し照れてますね。子供らしくて可愛いです。

「……！　おいしい」

おそるおそるという様子で一口目を食べたちびっ子ですが、どうやら口に合ったみたいです。子供らしく、バクバクと食べていきます。いい食べっぷりですね。この様子だと食べ終わるまで話の続きは聞けなそうです。

私も、今はおいしい料理に集中しましょうか。


「「ごちそうさまでした」」

とてもおいしかったです。運動したぶん、お腹が減ってましたので、いつもよりもたくさん食べてしまいました。

「よし、それじゃあ話を聞きましょうか。ちびっ子」

「ちびっ子じゃない！　魔槍姫、バレンタインだ！」

「……わかりましたよ。バレンタイン、あなたはなにしに来たんです？」

「だーかーら！　みんなが楽しそうだったから私もこっちに来たんだってば！」

「それで出会ったフェンに対して攻撃したんですか？」

見境《みさかい》なさすぎませんか？

「だって、私は戦いが好きだから……」

「好きだからといって、なにしてもいいわけじゃないですよ」

「魔界ではそれしかなかったんだ！」

バレンタインが少し泣きそうになりながら立ち上がります。フェンも、アーさんも否定しないあたり魔界では力が最重要事項だというのは間違いないのでしょう。

「魔界ではそうなのかもしれませんが、ここは魔界じゃありません。特に、私はみんなで仲良く暮らしたいんです」

仲良く、のんびりと暮らす。それが私の目標ですから。

「だから、ここでそれを学んでください。いいですね？」

「え、私、ここにいていいのか？」

「え、逆にここに残らないんですか？」

完全にここに残るものだと思っていました。なんで？　と言われると自分でもよくわかりませんが……。なんででしょう、この子、魔界という環境で育っただけで案外いい子そうだからでしょうか？

なんか、魔界に戻っても友達いなそうっていうのもあります。

「……残ってもいいなら、残ってみたい」

「どうぞ。ただみんなを傷つけたら怒りますから」

「わかってる、もう泣かされたくないから戦うのは我慢する」

たしかに、またみんなを傷つけたら泣かします。

バレンタインはシルフィに連れられ、ここでの生活の仕方ややらなければならない仕事などの説明を受けに行きました。

「……なぜ、魔槍姫をここにいさせるのだ？　主《あるじ》」

バレンタインがいなくなったタイミングでフェンが聞いてきます。

「一人ぼっちの子供は可哀想でしょう」

フェンはあの子の強い姿しか見ていないから、あの子が子供だということを忘れているんです。

魔界で指折りの実力者だとしても、子供であることに変わりはありません。

そして、一人ぼっちの子供は寂しいんですよ。私も子供の頃、友達と呼べる人がいなかったし、作らせてもらえなかったのでよくわかります。

「フェンとアーさんは嫌かもしれませんが……」

「いや、主《あるじ》の決めたことだ。我は従う」

「魔槍姫がみなを攻撃しないのならば、マーガレットの決めたことに文句はない」

「ありがとうございます。二人とも。あ、そういえばアーさん。王国って今どうなってます？」

定期的に嫌がらせをしてきましたが、現状どうなっているかはわかりません。久々にあの国の様子を聞いてみましょう。

「王国は度重《たび》なる魔界からの襲撃にだいぶ困っているようだぞ」

なるほど。全部私のやったことですけど。

少し前に魔界と王国を繋ぐゲートを作りました。定期的に開くように作ったゲートなので、悪魔とかがちょこちょこ王国に訪れているはずです。

「だが、騎士団と軍、そして勇者の活躍で国民に被害は出ていないようだ」

「勇者？」

そんなのいましたっけ。

「我が王国で暴れたときにはいなかったからよくわからん。だが、魔界の者たちの話を聞く限り相当強いようだ」

「へー、そんなのいるんですねぇ。ですが、そんな強い人がいるんなら嫌がらせも大して効かないかもしれませんね」

「それは、マーガレットが王国と魔界を繋ぐゲートに制限をかけているからだろう？」

たしかに、魔界と王国を繋ぐゲートは、あまり強い存在が通れないようにしています。やりすぎると国民にまで大きな被害が出ますから。ほとんどの人は王家を崇《あが》めていますが、中には私が聖女だということを信じてくれた人もいたのです。

「少し強めのやつも通れるようにしますか。情報ありがとうございます、アーさん」

襲撃をなんなく撥《は》ね返せてしまっては、魔界の生命の素材などを財源にして王国が強くなってしまうことも考えられます。

「我の方も少し相談があるのだが……」

珍しいですね、アーさんから相談なんて。

あ、ちなみにバレンタインは今、エルフの子供と遊んでます。エルフの中に一人だけ子供がいたんですが、あっという間に仲良くなりましたね。

「それで、相談ってなんです？」

「魔界の悪魔の中に、我の配下といえる存在が百体ほどいるのだが、やつらもここに移住したいそうだ」

「随分たくさんですね。わかりました、エルフのみなさんに家作りをお願いしましょう」

住むところは問題なさそうですが、食料は微妙ですね。少しずつ野菜などの栽培を始めているようですが、百体を賄《まかな》えるかどうか……。あ、待ってください。悪魔ってことは、受肉《じゅにく》させるときに魔力を多めに渡せばしばらくもつはずですね。

そんなことを考えていたら、アーさんがなにやら困惑しています。

「どうしました？」

「いや、随分あっさり受け入れるのだなと」

「アーさんの頼みですから」

日頃からお世話になっています。協力しないわけがありません。といっても、私ができることは少ないのですが……家を作るのはエルフたちですし、資材を集めるのもアーさんです。

私はいつもどおりだらだらごろごろ、たまにフェンをもふもふします。

「感謝する。マーガレット」

「どういたしまして、アーさん」


アーさんの相談を受けてから一週間ほど経った日、ついに悪魔たちが魔界からやってきました。

悪魔の特徴である爛々《らんらん》と輝く魔力に満ちた瞳以外、外見はバラバラです。手足の本数や顔のパーツもめちゃくちゃな悪魔が多いですし、中にはかなり精神的に来る見た目の悪魔もいます。

「姉御《あねご》！　ヨロシクオネガイシヤース！」

「「シャース！」」

よくわからない呼び方をされた気がします……

エルフたちが頑張ってくれたおかげで百人分の家を用意することができました。十人で一つの家なので、少し狭いかもしれませんが。

にしても……

「こっちを見ないでくれ、マーガレット、フェン」

「いや、この悪魔たちってアーさんの配下なんですよね？」

さっきの呼び方といい、アーさんはこういうノリが好きなんでしょうか。

「我にも若く、荒れていた時期があったのだ」

遠い目をしていますね、アーさん。悪魔にも思春期があるのでしょうか。少し悪魔の生態が気になります。

アーさんの過去について、もう少し掘り下げていきたいところではありますが、とりあえず悪魔たちの見た目を普通のものにしましょう。

「では、全員を受肉《じゅにく》させましょうか」

「並ばせるか？」

「いえ、このままで」

少し大変ですが、魔力を多めにあげればいいだけです。それ！

「お、おおおおお!?」

「凄まじい力ッス、姉御《あねご》！」

「姉御《あねご》すげぇぇぇ」

「アーネーゴ！　アーネーゴ！」

魔力を受け取って受肉《じゅにく》した悪魔たちはアーさんと同じように人型ではありますが、元の特徴の一部を引き継いだ姿に変わっていきます。

悪魔たちが狂喜乱舞《きょうきらんぶ》してますね。少し魔力をあげすぎましたか？

「低級悪魔と中級悪魔の集まりだったのだが……全員進化してるぞ、主《あるじ》よ」

「喜んでいるのでよしとしましょう」

強くなったといっても、アーさんほどではないし、バレンタイン一人で全員倒せる程度です。ちなみにバレンタインはこの一週間で完全に私たちに馴染《なじ》んでます。

最初の頃はフェンの狩りに同行していたのですが、最近は農作業が楽しいみたいですね。

「国が滅《ほろ》ぼせるな」

アーさんがぼそっとつぶやきました。

「このあたりの警備をやってもらうつもりだったので、強いに越したことはないです」

バレンタインのときのようなことが起きては困りますから。危険を察知できるように警備を万全にしておきたかったんです。

警備だけでなく、農作業とかそれ以外にも協力してもらいます。

「さぁ、仕事は終わりです。あとは頼みますよ、アーさん」

「わかった、感謝するマーガレット」

「「アザースッ！」」

「どういたしまして」

さて、私は一仕事終えたのでフェンをもふもふして癒《いや》されます。もふもふー。

◇◇◇

悪魔たちがここに住むようになってしばらく経ちましたが、バレンタイン同様、かなりスムーズに馴染《なじ》んでいるようです。

私はというと、いつもどおり惰眠《だみん》をむさぼっています。むさぼっていたのですが……なぜか悪魔たちが押しかけてきました。

「マーガレットの姉御《あねご》！　なにか手伝うことありませんか！」

「手伝うことって……私、ゴロゴロしてるだけですよ？」

悪魔たちが増えてから、かなり賑《にぎ》やかになりました。悪魔たちは想像以上に社交的な性格で、私以上にエルフやバレンタインと仲良しです。

時にはバレンタインと一緒にイタズラを仕掛けてアーさんに怒られてることもありますから。

悪魔たちは私にもグイグイ来ます。嫌ではありませんが……私、ゴロゴロしているだけなので、来てもなにも仕事はありませんよ？

「なにかしましょうよ、姉御《あねご》！　いい天気ですぜ！」

「そうですよ、姉御《あねご》！　俺たちもいます、なにかしましょう！」

えー。悪魔たちはなんでそんなに積極的なんです？　仕事にもかなり熱心に取り組んでいるようで、農業も順調だとエルフに聞きましたが……なぜその熱意を私にも？

まぁ、ここまで言われて拒否するわけにもいきません。

「わかりました、なにかしましょうか」

「よっしゃー！　やってやりましょう姉御《あねご》！」

「といっても、なにします？」

おやつでも食べますか？　それとも、みんなでお昼寝するとか？　いや、それだといつもどおりの私の生活ですね。そういえば、悪魔たちが来てからというもの、私はなにも仕事をしていないです。なにか仕事になるようなことでもしましょうか。

みんなと仲良くのんびり暮らしていますが、なにもせずにだらだらし続けるのは少し不安です。みんなに追い出されては困ります。

ここは逆に仕事がないか聞いてみましょう。

「悪魔さんたちはなにか困ってることはありませんか？」

「困ってることですか、姉御《あねご》。そうですね……あ、馬が欲しいってエルフのみなさんが言ってやしたぜ！」

馬ですか。なぜ馬なんでしょう。悪魔たちも理由までは知らないようです。

そうですね、ここはエルフたちに直接聞きましょうか。

「ということで来ました。シルフィ」

「マーガレット様。これはこれは、我が家にお越しいただきありがとうございます」

頭を下げられますが……私、なんでエルフにここまで敬《うやま》われているのかわからないんですよね。前に家を回った時もすごい丁寧に対応されました。

「馬が必要と聞いたんですが」

「そうなんです。農作業をするにあたって重いものを運搬するなど、労働力になってもらいたいと思いまして……」

「なるほど」

悪魔たちは魔法的な力は持っていても、物理的な力はあまりないですからね。魔法でできなくもないでしょうけど、アーさんクラスにならないと細かな作業は厳しいでしょう。

私がやれば一瞬ですが、働きたくないですすし、そもそも私一人の力に頼る状況はよくありません。私が倒れたら、飢えてみんなで共倒れなんてことになるかもしれません。

「野生の馬……厳しいですよね。王国と取引なんてもってのほかでしょうし」

そもそも、王国は私がここにいることを知っているのでしょうか？

「他……帝国や神聖国との取引とかどうでしょうか？」

「取引……いずれはそういったことをおこなう必要はありそうですが、現時点で私たちから出せるものがありません」

たしかにシルフィの言うとおりです。お金は持ってないですし、特産品などもありません。そもそも悪魔が大量にいることと取引してくれる相手などいないでしょう。

「よし、なら魔界から呼びましょう」

困ったときの魔界頼りです。

「なにかあったときのために、フェンとアーさんを呼んできてもらえますか？」

「わかりました」

シルフィが二人を呼んできてくれました。さあ、やりましょうか。話はシルフィから伝えてもらっています。

「それで、なにを呼び出すのだ、マーガレット」

「アーさんはなにがいいと思います？」

「労働力となる家畜のようなものだろう？　魔牛か？」

魔界の牛さんですか。たしかに、家畜としてはいいのかもしれません。

「だが、魔牛は魔界の貴族が飼ってることが多い。勝手にゲートを通して呼び寄せれば、報復しようとこちらに乗り込んでくる可能性もある」

「牛さんは却下です。別のものにしましょう」

うーん、家畜って考えるから難しいのかもしれません。大きめの生き物くらいに考えてみましょう。

大きさで制限をかけたゲートを開きます。もちろん魔界と繋げたゲートです。さて、なにが出るでしょう。あ、なんかゲートに入ってきてますね。

けど、ちょっと反応がおかしいような。とんでもない魔力を感じます。

「……主《あるじ》よ。ゲートの向こうから凄まじい魔力を感じるのだが」

「やっぱり私の勘違いではないようですね。ゲートを閉じましょう」

まずいものが来る前に、ゲートを閉じます。

閉じましたが、魔界側からゲートをこじ開けようとしていますね。これはまずい予感がします。

「アーさん、バレンタインを呼んできてください。あとみんなを退避させるのもお願いします」

「承知した！」

「……来るぞ、主《あるじ》よ！」

急いでアーさんに動いてもらいますが、間に合いません。ゲートが開き、巨大な龍の頭がこちらの世界に出てきます。

『グハハハハ！　俺を呼び出したのは貴様か！　人間！』

呼ぶものを間違えました。なんで家畜を呼ぼうとして龍が来るんですか。完全にやらかしましたね。龍というのは、生きとし生けるものの中で文句なしの最強格です。しゃべっているだけで周りに圧力を放っています。

ちょっとまずいです。いや、かなりまずいかもしれないですね。

とりあえずみんなを守るために結界を張りましょう。

『む？　結界か？　人間が作った結界程度、俺には効かぬわ！』

そう言って龍は暴れます。私が言うのもなんですが、でたらめな魔力の使い方ですね。元々王国に張っていたものほどではありませんが、かなりの強度で作った結界がものの数度の攻撃で弱ってしまいました。

『俺の力をもってしても、すぐに壊せない結界だと!?』

「わりと全力で作りましたから。それよりも、落ち着いて話しませんか？」

『俺は人間と話などせん！』

「じゃあ、私とはどうだ？」

上空から声が飛んできます。

バレンタインです。子供であるバレンタインを呼ぶのは少しまずい気がして後悔していましたが、龍が動きを止めてくれたので結果オーライでしょうか。

『魔槍姫か？　なぜ、貴様がここにいる』

「私はここに住んでるんだ。あんたは三仙龍《さんせんりゅう》のフォーレイであってるか？」

人間としゃべりたくないだけで、バレンタインとは普通にしゃべるのですね。

『うむ。俺は三仙龍が一匹、深緑のフォーレイ。して魔槍姫よ。ここは貴様が支配している場所なのか？』

「いや、私じゃない。そこにいるマーガレットが支配している場所だ」

そう言ってバレンタインは私を指さします。別に支配してるつもりはないですけど……

『なっ、人間に支配されているというのか⁉　貴様……魔界の名を汚《けが》す気か？』

「魔界の生命としての誇りを捨てたわけじゃない。ただ、私はここで学ばないといけないことがある。そう思ってるからここにいるんだ。そしてその場所を攻撃しようとしてるあんたは……私の敵だ！」

『貴様……！』

バレンタインが戦闘態勢をとると同時に、フォーレイの魔力が膨れ上がっていきます。

時間稼ぎとしては完璧です、バレンタイン。

『ぬっ⁉』

フォーレイはまだゲートを抜け切っていませんから、そのゲートに干渉してフォーレイを無理矢理押し返します。

『ぬぁぁぁぁ、許さんぞぉぉぉぉにんげぇぇぇぇぇぇ……』

時間を巻き戻すようにして、フォーレイの姿は魔界へと消えていきました。

「……ふう。ありがとうございます、バレンタイン。あと、巻き込んでしまってごめんなさい」

「いい。みんなを守ることには私も協力したいぞ」

「みんなで暮らすことを、ちゃんと学んでますね」

偉いです。バレンタインはしっかり成長しています。ですが子供を巻き込んでしまったのは私の間違いです。反省しなければいけませんね。

「マーガレット！　大丈夫か!?」

「アーさん。それに悪魔のみんなも、迷惑をかけてごめんなさい」

「そんな、姉御《あねご》が無事ならいいんですぜ！」

「「「そうですぜ！」」」

みんな、優しいですね。けど、あとでちゃんと謝って回りましょう。心配をかけたという意味でも悪いことをしてしまいましたから。

「それで、あの龍はどうしたのだ、主《あるじ》よ」

「魔界に返しました。契約魔法を同時に使って、しばらくはゲートを作れないようにしてやったので戻ってくることはないでしょう」

本当は他にも契約魔法に仕込んだのですけど、ほとんどが弾かれました。

「王国にでも送ればよかったのではないか？」

「さすがに、あのレベルの龍を送り込んだら相当な被害が出ます。今は王に心酔している騎士団や軍、貴族を苦しめるだけで済みますが、やりすぎると国民に直接の被害がいってしまいます」

それは、少し心が痛むのでやりません。

◇◇◇

フォーレイの一件で、むやみやたらに魔界を利用するべきではないということを学んだ私は、今日も今日とて惰眠《だみん》をむさぼっています。

「なぁ……主《あるじ》よ。やはり仕事を見つけた方がよいのではないか？」

「えー」

フェンをもふもふするのが私は好きなんですよ。バレンタインのときも、龍のときも、ある程度働いたじゃないですか。だからしばらくお休みです。

「バレンタインのときはたしかに助かったが、龍のときはそもそも主《あるじ》のせいでは？」

うぐっ、ばれましたか。ちなみに龍を魔界に返してから一週間が経ちました。契約魔術はちゃんと効いているようで、またこっちに来る気配はありません。

「それに、結局エルフに頼まれた家畜も用意していないだろう」

龍のことで有耶無耶《うやむや》になってしまいましたからね。やっていません。

「養《やしな》わなければならない者も増えた。働かねばならないのではないか？」

そう言ってフェンは外を眺めます。

家の外、そこにはバレンタインを中心とした子供たちの集団がいます。ついこの前まではエルフの子供とバレンタインしかいませんでしたが、今はかなりの数の悪魔の子供がいます。

どうやら、悪魔は互いの魔力を使って子供を作るらしく、私が魔力を多めにあげたばっかりに子供を作ったカップルが多いのです。ちなみに魔界ではカップルで子供を作るのは稀《まれ》で、通常は現界の生き物の恐怖や恨みの感情が魔力と結びつくことで新しい悪魔が生まれるそうです。魔界はなかなか怖そうですね。

「……間接的とはいえ、私のあげた魔力を使ってできた子供なので、他人の気がしません」

「アーさんも言っていたが、受け取った魔力は自身のものに変換されるのだろう？　繋がりは薄いのではないか？」

まぁ、さすがに自分の子供だと思ってはいません。エルフや悪魔たちと同じようにこの場所で一緒に暮らす仲間です。

「よし、フェン。決めました、私はしばらくの間仕事をします」

「おお、ついにやる気になってくれたか！　主《あるじ》よ！」

ええ、そろそろ働かないとまずいですし。これでも王国にいた頃は、聖女にもかかわらずなぜか大量の書類を捌《さば》いていました。その事務処理能力は城内一位と言われるほどです。

つまり、本気を出せば仕事ができるのです！　私は！

「そうと決まれば、覚悟してくださいね？　フェン」

「え？　なぜだ？」

フェン、本気の仕事というのは、命を削っておこなうものなんですよ。

さあ……行きますよ！


「いいですか、食料の備蓄はこれだけの量を確保してください。一日の収穫量のうち、備蓄に回す割合はこのくらいです」

「わかりました、マーガレット様」

「あと、備蓄用の倉庫は不測の事態に備えて二つに分けましょう。火災などで片方がダメになっても、半分は残ります。ゆくゆくは交易をしないとならないので、質のいいものは分けて私に見せてください」

まず、取りかかったのは食料問題です。

供給量はなんとか足りていますが、備蓄となるとギリギリです。農地の量を増やし、みんなで分業し、さらに時間ごとに作業を指定することによって効率を上げてもらいます。これでおそらくは冬を乗り越えられるでしょう。

次に交易に関してです。このまま人口が増えていくと、足りないものが絶対に出てきます。足りないものは交易で手に入れることになるため、取引材料として質のいい農作物を用意しておきます。

さらに交易先の選定のために、フェンと何人かの悪魔に周辺の村や街の偵察をお願いしました。

もちろん、見つからないよう認識阻害《そがい》の魔法を私とアーさん、バレンタインで三重にかけています。

「誰なのだ、これは……」

ふふふ、やる気になった私の仕事ぶりにみんな驚いていますね。

ただ、業務をおこなう中でいくつか問題も発生しています。

「やっぱり、紙が欲しいですね。いつまでも木を削って文字を書くわけにもいきません。あと、悪魔たちに文字も教えなければ」

話す言葉は一緒でも、魔界の文字とこちらの文字は大きく違います。

「やるべきことはたくさんありますね」

仕事モードはまだまだ終わりません。やる気があるうちに仕事をどんどん進めましょう。

「今後、家が増える可能性があります。道や施設の位置なども予《あらかじ》め決めておかなければなりません。エルフの人たちの中で、そういったことに関わったことがある人はいますか？」

こういうのは経験がものをいいます。そう思って聞いたのですが、そういった経験がある人はエルフにはいないようです。

「わかりました。では私がある程度の草案《そうあん》を出すので、それに沿って道の敷設と建物の建築をお願いします」

少し大変ですが、やるしかありません。土魔法を使って頭の中にある街の模型を簡単に作ります。

昔、王国で実施されようとしていた改革案を少し弄《いじ》ったものです。王国では地域に根差して生活する人が多すぎて実行されることはありませんでしたが、ここならできるでしょう。もちろん、規模は小さいですが。

「アーさん主導で資材の準備を」

「わかったが……まるで人が変わったようだぞ？　大丈夫かマーガレット、変なものでも食べたのか？　いくらお腹が減ったからといって謎のキノコとかは食べてはいけないんだぞ？」

「私をなんだと思ってるんですか、アーさん。ちょっと仕事に本気を出してるだけです。それより、家畜の件ですが、やっぱり魔界に頼らないと厳しそうなんですよ」

交易先を見つけて、家畜を分けてもらうというのも考えましたが、見ず知らずの娘にいきなり家畜を分けてくれる人はなかなかいないでしょう。野生の牛、馬などもそうそういるものではありません。

「ですが、適当に召喚するとこの前みたいな事態になってしまうのでやり方を変えます」

まず、悪魔の中でも強めの人たちに魔界に行ってもらいます。そして、魔界で家畜になりそうな生き物を見つけたら私がそこを狙ってゲートを作るという方法です。面倒くさがらず最初からこのやり方をとっていればフォーレイのような龍が来ることもなかったんですけど。

方法をアーさんに説明し、悪魔を派遣してもらいます。

これで街の発展、建築についても一段落です。

「他に仕事は……」

やる気のあるうちに色々と終わらせたいですね。他には……あ、バレンタインや子供たちがやけにこっちを見ています。なんでしょう？

「みんな、マーガレットの偽者が現れたって噂してたから見に来た！」

「失礼ですねバレンタイン。私だってたまには仕事をするのです」

私がそう返すと、子供たちは微妙な反応をします。……まさか子供たちに偽者と疑われるレベルで仕事をしないと認識されているとは思わなかったです。これからはちょくちょく仕事モードになった方がいいのかもしれません。

「そうだバレンタイン、なにか困ってることはありますか？」

「困ってること？　んー、私個人の話だとしたら、戦えないのが少し嫌だ」

「戦いですか？」

「そう、戦っちゃいけないのはわかってるし、みんなを傷つける気もないけど、戦いが生き甲斐みたいなものだったから少し寂しい」

ふむ。破壊の衝動から戦いたいと言っているわけではないのですね。

「じゃあ、みんなで戦闘訓練でもすればいいのではないですか？　もちろん、悪魔やエルフに監視を頼んだうえでですけど」

「戦闘訓練？　私が教えるのか？」

「はい。あなた、それなりに強いでしょう？」

「それなり……それなりよりは強いぞ？」

「なら、みんなに強くなる方法を教えてあげてください」

子供のうちから戦闘訓練をおこなえば、強くなれます。私の目が届く範囲は必ず守りますが、万が一自分で身を守らないといけなくなったとき、戦えないのは困りますから。

「……わかった！　やってみる！」

「はい。頑張ってください。訓練場は明日までに用意しておきますから、今日は訓練内容を考えておくんですよ？」

「ありがとう、マーガレット！」

「どういたしまして」

さぁ、次はなんの仕事をしましょう。

そう考えていると、偵察に出ていたはずのフェンが息を切らして家の中に入ってきました。

「主《あるじ》よ、人間の集団だ！」

これは、大きな仕事になりそうです。

閑話　ルールーの追走劇

わたくし、ルールーは王国にただ一人存在する聖女、マーガレット様の秘書をしておりました。

聖女といっても、そんなもの古い伝承に過ぎないとその能力を認める貴族は少なく、裏では馬鹿にされていることが多いのが現状です。

ですが、マーガレット様はそんな境遇であっても、やさぐれることなく、しっかりと仕事をこなしていました。聖女としての仕事をわたくしが知ることはありませんが、書類仕事などの処理速度は凄まじく、常人《じょうじん》が十日かかる量であっても、数時間でこなしてしまうのがマーガレット様です。

わたくしは、そんなマーガレット様を尊敬していました。

マーガレット様をきちんと聖女として扱い、敬おうとしているのはわたくしだけではありません。

騎士団や、平民の中にもそういう考えの人はいるのです。そして、わたくしはそういった人たちが集《つど》う団体に所属しています。信仰のようになるとマーガレット様が嫌がるので、目的はマーガレット様の地位を王国内で高いものにすることです。

ところがある日、マーガレット様は突然姿を消してしまいました。

「そんな……」

なんとマーガレット様は婚約破棄を言い渡され、国を追放されたというのです。

それからは、悲惨な日々でした。

マーガレット様がいなくなった王国は、悪魔に襲われるようになったのです。

ただ、最初は見境《みさかい》なく人々を襲った悪魔が、少しすると戦う相手を選ぶようになったらしいという噂を聞きました。なんでも国王や王子の派閥の人間ばかりが被害を受けているとか……。

むやみに戦おうとしなければ、特になにもしてこないようです。

マーガレット様を敬う会——聖女会と呼ばれる団体に属する騎士も、敵意を持たなければ悪魔たちは襲ってこないと言っています。

だから、躍起《やっき》になって悪魔と戦っている国王派・王子派は大きな被害を受けていますが、これまでどおりの日々を送っているぶんにはなにも変わらない日常を過ごせます。まぁ、王家が悪魔討伐にお金を使い込んでるので財政が怪しいですが。

「マーガレット様……」

毎日のように考えます。あなたはどこにいるのでしょう。もう一度、わたくしはあなたのもとで働きたいです。

「おい、ルールー！」

「うわっ、なんですかヤニム。突然」

騎士であり、聖女会のメンバーであるヤニムが飛び込んできました。

「マーガレット様が見つかったかもしれない！」

な、なんですって⁉

マーガレット様の居場所がわかったかもしれない。そう聞いたわたくしはすぐさま行動を起こしました。

聖女会の結束は固く、一瞬で情報は共有されましたが、外部への漏洩はありえません。

マーガレット様がいると言われているのは王国からかなり離れたところにある、トアル湖という場所でした。

少し前に、そこで巨大な魔力反応があり、その魔力がマーガレット様にとても似ていたと魔法学会に所属するメンバーが報告しました。ただ、たしかにマーガレット様は大きな魔力を持ってはいましたが、あんな僻地《へきち》から王都まで届くほどのものではなかった気がするので少し不思議ですが……

「行くしかありません。マーガレット様のところに」

私は、立ち上がってそうみなに告げます。今の生活を捨てることができない人もいますから無理強いはしません。ついてくることができなくとも、マーガレット様に対する思いは同じです。

「決行は明日。馬や馬車の用意をお願いします」

聖女会には多種多様な職業の人がいるので、そういった物資の調達は容易《たやす》いのです。では、明日、マーガレット様のもとへ行きましょう。わたくしも色々と準備をしなければなりません。まずは家に帰って用意しておいた荷物を持たなければ。マーガレット様が見つかったときのことを想定して旅支度をしていたのです。

次に仕事場に戻って部下に引き継ぎをしなければなりません。国王派の部下のことはどうでもいいですが、何年も一緒に働いてきた大切な部下もいますから。その子たちのためにしっかりと仕事を引き継ぎましょう。

寝る間もなく作業を進めて、いよいよ出発の時間がやってきました。

聖女会のメンバーはみんなマーガレット様に会える日を心待ちにしています。

トアル湖まではなかなかの距離があるので大変ですが、頑張って進みましょう。

王国をたって数日、ようやく湖に着きました。見渡す限り自然が広がっていて、とても人が住んでいるとは思えません。

「本当に、ここにいるのですか？」

少しだけ不安になります。それでも、わたくしたちは仲間を信じて前に進みます。

そして、しばらく歩いたところで、私たちは光を見つけました。

長らく、失っていた光を。

「ルールーじゃないですか？　なにしてるんです？　こんなところで」

わたくしたちの光、マーガレット様を。

◆◆◆

フェンに案内されて、人間が来たというところへ行くと、そこにいたのはルールーでした。

聖女時代、私の秘書をしてくれた子です。

「マーガレット様アアアアア」

私を見つけた瞬間にルールーは叫び声を上げ、飛びかかってきます。そのまま受け止めると痛いのでとりあえずかわしましょう。私にかわされたルールーはそのまま地面に身体を打ち付けました。

痛そうです。

「相変わらずですね、ルールー」

「なぜわたくしのハグをかわすのですか⁉」

飛びつかれたら痛いでしょう。しかもルールーは容赦なく全力疾走の勢いのままぶつかってきますから。

ルールーの後ろには随分とたくさんの人々がいます。どうしたんでしょう、この人たち。

ルールーに説明を求めようとしたところで、フェンが現れました。

「なんだ、この人間は」

「ギャァ!? 魔狼!?」

フェンが出てくると、ルールーを含めた多くの人間が怯えてしまいます。うーん、やっぱりフェンは怖いですか。私は最初見たときからあまり怖いと感じなかったんですけどね。

それにしても、ルールーはどうしてここに来たんでしょう？

「ルールー、なにをしに来たんですか？」

「マーガレット様のもとで働きたく、追いかけてきました！　ここにいる者は全員同じ思いです！」

なるほど、私を追いかけてきてくれたのはとっても嬉しいですが、すごい行動力ですね。しかも二百人ぐらいいません？　私、前も言いましたが甲斐性《かいしょう》ないんですよ？

「移住したいという認識でいいでしょうか……王国側は知ってますか？」

そこは大事なところです。もし王国側が私の居場所を知っていて、そのうえで王国から民がこちらに移住してきたことがわかれば、民を盗んだな！　と因縁をつけられる可能性があります。

「いいえ、立つ鳥跡を濁さず。わたくしたちがいた痕跡はすべて消してきました」

「とてつもない潔《いさぎよ》さですね。そこまでの覚悟で来た人を追い返すわけにもいきません」

そんなことをしたら、この人たちの人生が大変なことになってしまいます。なんとか、頑張りましょう。ない袖は振れませんが、どうにか甲斐性《かいしょう》を絞り出しましょう。

二百人の移住となると大変ですが、受け入れることを決めた以上、さっそく仕事に取りかかります。

まずは住んでいる人との顔合わせです。ちょっとルールーたちのメンタルが心配ですが……まあなんとかなるでしょう。

「こういうのは最初に済ませておいた方がいいと思うので、やっておきます。アーさん、みんな、出てきてください」

私がそう言うと、なにかあったときのために隠れていた悪魔たちが一斉に出てきます。あ、バレンタインは魔力でおどろおどろしく演出をしていますね。ただでさえ恐ろしい存在なのにそんなイタズラをしたら……。あ、これは……みんな気絶してしまいました。

「悪魔たち、この人たちを運んでください。申し訳ありませんがエルフたちは起きたあとの対応をお願いします。私は急いでこの人たちの仮住居《かりずまい》を建てます」

「それは構いませんが……仮住居《かりずまい》、建てられるんですか？」

アーさんから聞いたのでしょうか、たしかにアーさんと家を作ろうとしたときは悲惨な結果に終わりましたが、今は私も作り方を学んだのです。

暇な時間……まぁほとんど暇ですけど、その時間にちょこちょこ家の造りを見ていました。柱と梁《はり》の仕組みだとか、どうしたら崩れないようにできるのかとか、きちんと勉強できたと思います。なので、作れます。いいですか、魔法とは万能なのです。想えば、創れるのです。

「……ふぅ、いきます！」

イメージはできています。あとはこの膨大な魔力をイメージに乗せるだけです。行きますよ……そぉい！

「んな⁉　マーガレット様⁉　とんでもない魔力ですよ！」

「話しかけないでください、いま私の人生史上最高に集中しています」

思ったより魔力の制御が厳しいです。気を抜いたら魔力が爆発します。やばいです、そんなことになったらここ一帯が吹き飛びます。

多分いけますけど……ちょっと不安です。ここは素直にいきましょう。

「アーさん！　フェン！　助けてください！」

「任せろ、主《あるじ》」

「なんだ、そのでたらめな魔力は……仕方がない、手伝ってやろう」

頼もしい二人です。そしてなんか嬉しそうです。けど、二人が魔力制御の細かいところを担当してくれたので、私は力任せな部分に集中できます。

「いきます。そりゃあ！」

ズドーン。そんな音が響いて簡易住居が三百ほど一気にできました。全部石造りです。ちなみに道もちゃんと作りました。家の内装までは作り込んでいないので、生活に必要なものはこのあと準備しないといけませんが、これで雨風はしのげるはずです。

「なあ、マーガレット。あれはなんだ？」

ん？　どうしたんですか、アーさん。どこを眺めているんですか……え？

……なんか作るつもりのなかったものがあるんですが。なんですかあの城？

かなり立派な城ができています。あんなものを作る予定は一切なかったんですが……どういうことでしょう？　あんな大きさのものを作ったのだったら、魔力の制御が大変だったのも納得です。

謎の城ですね。誰かのイメージが混ざったんでしょうか？　近くにたくさん人がいましたし、もしかしたら手伝ってくれたアーさんやフェンのイメージなのかもしれません。

そう思っていたら、近づいてきたバレンタインがぼそっとつぶやきました。

「んー、魔王城？」

「え、あれ知ってるんですか、バレンタイン」

「知ってるぞ。あれは魔王城とそっくりだ」

……聞かなかったことにした方がいいのかもしれません。まぁ、できてしまったものを壊す気もないので、普通に住居として使いましょう。

「アーさん、フェン、ありがとうございました」

「いいのだ、主《あるじ》に頼られることは珍しいからな」

「我もマーガレットの助けとなることは嫌ではない。にしても、なぜ魔王城が？」

「アーさんのイメージでは？」

魔王城とやらは多分魔界にあるのでしょう？　なら、魔界出身のアーさんかフェンのイメージが影響したと考えられます。

「いや、我ではないぞ？　我は魔王城を遠目にしか見たことがない。あそこまで細かくイメージできない」

「フェンは？」

「違う」

「だとしたら……誰のイメージでしょう？」

わかりません。わかりませんが……まあ、そんなに大事なことでもないので、いいでしょう。それよりも激しく疲れました。仕事モードでただでさえ疲れていたのに、極大《きょくだい》魔法なんて使ったから完全に体力の限界です。

フェンのもふもふに寄りかかりましょう。正直立っているのも辛いです。フェンも察してくれたのか受け止めてくれます。

「もふもふです……私は寝ます……」

「……凄まじい魔法を放ったとは思えないな。だが、やはり主《あるじ》は凄まじい」

「そうだなフェン。マーガレットは凄まじい力を持っている。だからこそ、頼られて我はとても嬉しかった」

「……アーさん、素直だな」

「寝ているからな。なにを言っても聞いているのはフェン、お前だけだ」

「あとでマーガレットに伝えようか？」

「やめろ、恥ずかしくて死ぬ」

疲れが溜まっていたからか、ぐっすり眠ってしまいました。

「んー、もふもふ……」

もふもふに囲まれる夢を見ました。ですが目覚めた場所はもふもふではなく、ベッドの上です。

うーん、色んなもふもふを体験したいですね。フェンにもふもふ仲間がいないか聞いてみましょうか。

「おはようございます、マーガレット様」

「ルールーですか。おはようございます、私どれくらい寝ていました？」

「一日半です。マーガレット様」

どうりでお腹が減っているはずです。にしてもルールー、昔と同じでメガネがとてもよく似合いますね。私としてはその姿のルールーを見ると仕事をしないといけない気分になるので、ちょっと嫌なのですが。

とりあえず今は、グーグーと空腹を主張しているこのお腹の虫をどうにかしないといけませんね。

「お腹がすきました」

「用意してございます。あと、わたくしたちはマーガレット様が作ってくださった住居に住んでおります。城はシルフィさんと話し合った結果、マーガレット城と命名しました」

「馬鹿ですか？」

なぜ私の名前をそのままつけるのです。わけがわかりません。というかなんでルールーはそんなに馴染《なじ》んでいるのです？　なんで来て早々に秘書としての役割を完璧にこなすことができているのですか。

「城の名前は却下です」

「既に住民に知れ渡っています」

「住民ってなんです？　ここに住んでいる人たちですか？」

「はい。マーガレット様の治めるこの地に住む人々のことです。人々といっても、もちろん悪魔の方々やフェンさんも含まれています」

私は治めていませんよ？　みんなで仲良く暮らしたいだけです。

「マーガレット様がのんびり暮らしたいという思いは、わたくしたちも聞きました。ですが、これほどの規模になると代表者が必要なのです」

「たしかにそうですけど……私は仕事をしたくありません。なので領主の真似はしませんし、これまでどおり自由気ままに、のんびり暮らしますよ？」

そう私が言うと、ルールーはにっこり笑います。

「もちろんです。わたくしたちも、王国とは違う、この御伽噺《おとぎばなし》のような地での生活にワクワクしているんです。種族の差を越えてのんびりと幸せに暮らす――とても楽しみです。まだ悪魔たちは少し怖いですが……話してみた感じはわたくしたち人間とあまり変わりありませんね」

そう思ってくれてよかったです。ルールーも王国にいたときのように私に大量の仕事を割り振る気はないようですし、他の人たちも悪魔たちを受け入れているのならば大丈夫です。

随分人数が増えましたが、これまでどおりのんびり暮らしましょう。

「とりあえず、私はご飯を食べに行きます。ルールーも一緒にどうです？」

「ご一緒させていただきます！　マーガレット様！」


そんなこんなで住民が増えましたが、種族の違いが生活に大きな影響を及ぼすことは少なく、平和でほのぼのした日々を送っています。

「平和ですねー」

悪魔と人間、エルフの子供たちが種族の分け隔てなく遊んでいる光景を眺めているだけで、一日を過ごせそうです。実際その様子を眺めているだけで一日が終わったこともありました。

あ、バレンタインがイタズラを計画していますね。アーさんを落とし穴に落とす作戦ですか……子供といっても、エルフや悪魔の子供は魔法を使えますから、わりと本気の落とし穴です。アーさん、気づけますか？

簡単に見破りましたね。ですが罠《わな》と知ってなお引っかかってあげるアーさん、優しいです。

「やはり、平和ですね」

ちなみに、ルールーがつれてきた人材は多種多様な能力を持っており、生活の質というか、文化の質が上がりました。

楽器演奏もおこなわれていますし、建築の質、服装の質、料理の質も上がっています。なにより、紙の作り方を知っている人と、書類のフォーマットに詳しい人が来てくれたのがとてもありがたいです。

文官的役割を担《にな》っているエルフが、紙のありがたさに感動してました。

「この前名簿を見せてもらいましたが、五百人以上がこの地に住んでいますね。驚きです」

悪魔もどんどん増えていますし……あ、ちなみにマーガレット城とかいうふざけた名前の城には、私ではなく、アーさんが住んでいます。

私が住むように言われましたが、絶対に嫌だと拒否しました。アーさんも最初は嫌がりましたが、玉座に一度座ったあとは満更でもない様子でしたね。多分、ああいうのが好きなんでしょうね、アーさん。

城の内部も好きにしていいと伝えたので、少しずつアーさん好みの城に変わっていくはずです。

アーさんにつられるように、悪魔たちも城に住み込み始めました。

「よし、今日はなにをしてのんびりしましょうか」

私がしなければならない仕事はないので、今日も今日とてのんびり過ごします。久しぶりにアーさんとなにかしましょうか？

いや……ここはフェンとなにかしましょう。二人きりでなにかすることが最近なかったですから。

「フェン、久しぶりになにかしませんか」

「主《あるじ》か。どうしたのだ、暇なのか？　いや、主《あるじ》はいつでも暇か」

いつでも暇です。それを目指していましたから。にしても、フェンが暇そうにしているのは珍しいですね。

「人が増えて、わざわざ我が狩りをしなくてもよくなったから、暇なことが増えたのだ」

「なるほど。じゃあ尚更なにかしましょう。なにします？」

「む……いざ聞かれると思いつかないものだな」

フェンも特にしたいことがないようです。私も考えますが、とりあえずはフェンのもふもふに身体を埋めましょう。もふもふー。

相変わらず気持ちのいい毛皮ですね。もっふもふです。魔狼というのはみんなこういったもふもふの身体をしているのでしょうか？　ちょっと聞いてみましょう。

「そういえば、フェンは魔狼という種族なんですよね？」

「そうだが……」

「魔狼って魔界にはたくさんいるんですか？」

聖女なので魔界の知識を得る機会は多いのですが、魔狼についてはほとんど聞いたことがありません。

特にすることもないですし、今日はフェンのことを知る日にしましょう。

「……そうだな、魔狼は魔界の中でも少ない。それは、群れを作らず孤高を好む魔狼の性格に起因している」

フェンは今大きな群れに属していますが、そこはいいんでしょうか？

「我は少し変わっていたからな。だが、普通の魔狼は群れを作らない、生まれた子供もすぐに放り出して、親は強さを求める旅に戻る。それが当たり前なのだ」

「寂しいですね」

「ふっ、我もそう思う。強さを求める魔狼は、旅を重ね戦いの経験を積むごとに強くなっていく。そして強くなればなるほど進化していく」

進化――魔界の生き物はごく短期間で進化を遂げるそうです。私が魔力をあげたときに悪魔たちが進化したのも同じですね。

「我は、戦いを望むことはあまりなかった。そして群れというものへの興味が強かった。他種族の群れにまざったこともある。まぁ、うまくはいかなかったがな」

フェンは少し悲しそうな声でそう言います。撫でてあげましょう。そんな悲しい顔をしないでください、フェン。今は群れの中で楽しく暮らすことができていますよね。

「……群れに馴染《なじ》めず、なんだかんだで他の魔狼と同じように旅をしていたとき、一匹の魔狼に出会った。魔狼として最高峰の進化を遂げたもののひとつ、神狼と呼ばれる個体だ」

神狼。なんかそれは聞き覚えがあるような？　なにかの御伽噺《おとぎばなし》でしたか、う～ん、あまり覚えていないですね。

「我は神狼と話をした。それはもう色々とな。今思えば、魔狼の中でも異質な存在であった我と、なぜあそこまで長く話をしてくれたのかわからないが……。神狼は、我にどう生きろとは言わなかったが、魔狼として生きるのならば好きに生きるのが定めだと言われた。そして、神狼と別れてすぐ、巨大な群れを作る人間という種族を見にこの世界にやってきたのだ」

「そこで私と出会ったと」

「そうだ。まさかああもあっさりと契約魔法を結ばされるとは思わなかったがな」

くくくとフェンは楽しそうに笑います。あのときは、もふもふに目がくらみました。ですが今こうしてフェンと仲良く過ごせているので、結果オーライというやつですね。

「我の出自はそんなものだ、どうだ？　暇はつぶせたか、主《あるじ》よ」

「とても面白かったですよ。ちなみに、今は他種族の入り乱れる群れに属しているわけですが……どうですか？」

「聞かれるまでもない。我はとても楽しい」

「そうですか、私と一緒ですね。これからもよろしくお願いします、フェン」

「こちらこそよろしく頼むぞ、主《あるじ》よ」

フェンについて、新しく知ることができました。アーさんの過去についても、今度色々と聞いてみたいですね。

その日はフェンと狩りに行ったりのんびりしたりして一日を過ごしました。狩りは初めてやりましたが、色々と技術が必要なようです。私は力任せにやってしまう傾向があるので、ああいった繊細な動きや作戦を学ぶということも必要なのかもしれませんね。

そんな感じの、のんびりした日常を過ごしている私です。

そんなある日、お昼に出てきたおいしいご飯を食べていたところで、一緒に食べていたルールーが仕事の話を始めました。

「現金、ですか？」

「そうです。農作物が充実したので食料に困るということはないのですが、肉や魚などは不足しています。あと、嗜好品《しこうひん》もないですから……交易を開始して現金を入手し、不足がちなものを手に入れるべきかと」

嗜好品《しこうひん》というと、お酒ですね。追放されてから飲んでいませんから……久しぶりに飲みたい気持ちもありますね。

ただ、交易といっても簡単ではありません。

「うーん、前も交易を狙ってこの周辺を視察しましたが、無理そうでしたよ？」

周辺には小さな村しかなく、交易ができるような感じではありませんでした。

ここは王国からかなり離れた僻地《へきち》で、トアル湖という湖のほとりに位置しています。近くに帝国があるようなので、帝国に伝手《つて》を作るという手もありますが……厳しいと思います。

「いえ、それが行けそうな手をわたくしが見つけてまいりました」

「行けそうな手？」

「聖女会のメンバーに元商人がいるんですけど、その者曰《いわ》く、この辺を根城《ねじろ》にしているキャラバンがあるとのことです」

あ、聖女会っていうのは、ルールーが連れてきたみなさんのことです。これまたふざけた名前ですが、彼らは本気で言っているみたいなのであまり表立って文句を言えません。恥ずかしいからやめてほしいんですけど……

「キャラバン、危なくないですか？」

キャラバンは隊を組んで各地を回る商人の一団ですが、荒事《あらごと》に巻き込まれることも多いですし、一か所に留まらないことからちょっと犯罪じみたことをおこなう集団もいるそうですし……正直不安ではありますね。

「大丈夫だと思います。彼らは義賊のような真似もしているようですから」

逆に危険に聞こえるのですけど。義賊というと聞こえはいいですが、襲われる側からするとただの賊です。

「もし交渉することになったら、私を呼んでください。あと腕自慢の悪魔たちも」

「かしこまりました」

とりあえず、この話はこれで終わりになりました。

よし、今日の私の仕事は終わりです。

ご飯を食べ終わったら、作ってくれた人たちにお礼を言って外に出ます。今日は、珍しくすることがあるのです。

「バレンタイン、言われたとおり見に来ましたよ」

「マーガレット！　来てくれたんだな」

今日は子供たちの戦闘訓練を見学します。バレンタインがどうしても見に来てほしいと言うので来ました。

「よーし、みんな、今日はマーガレットが来てくれているから、いつも以上に張り切っていくぞー！」

「「「おー！」」」

バレンタインの声に合わせて、子供たちが元気よく返事をします。

バレンタインはちゃんと子供たちの教官をできているようですね。ちなみに、私の他にもエルフ、悪魔、人間が一人ずつ見守っています。子供たちだけだと危ないですからね。

それにしても、どんな感じで訓練するのでしょう？　子供ですから、軽い運動でしょうか？

いや……軽い運動をおこなうにしては子供たちの装備が物々しいですね。模擬戦用の武器をそれぞれ手に持っていますし。

ただまあ、子供ですから、危険な訓練ではないでしょう。

「今日は昨日と同じで五対五の集団戦をやるぞ！　魔法は禁止、身体強化も禁止だ、フィールドは岩場、先に敵陣地の旗を取った方が勝ちだぞ。よし、それじゃあ昨日のグループでやるからなー」

前言撤回です。めちゃくちゃ本気でした。というか、身体強化なんて、私もようやく最近使えるようになったんですけど……なんで使えるんです？

しかも集団戦って……想像していた訓練のレベルとかけ離れていますね。

「よし、フィールドは……これでいいな！　じゃあーはじめ！」

バレンタインが魔法で岩場のフィールドを作り出します。そして、かけ声と同時に子供たちのグループのうち二つが模擬戦を開始しました。

それぞれのグループであらかじめ作戦を考えておいたのか、スムーズな動きです。

「え、これが訓練？　凄まじい連携と戦闘密度ですけど」

悪魔、エルフ、人間、それぞれの子供たちは緻密《ちみつ》に連携をとりながら集団戦をおこなっていきます。いやいや、連携だけじゃなく個人の技量もやばいです。魔力なしなら絶対に私は勝てません。というか見学に来ていた元王国騎士も口をぽっかり開けて見ています。

そうですよね、その反応が正解ですよね？

最初は拮抗《きっこう》していた戦いでしたが、片方のグループの一人が孤立し、戦闘不能になったことでバランスが崩れます。

数の差には勝てないのか、そのままじりじりと押し込まれて勝敗が決しました。

「よし、そこまで！　一班の勝ちだな。二班は連携に頼りすぎじゃないか？　もう少し個人個人の技量を活《い》かして攻めてもいいと思うぞ」

バレンタインがしっかりと教えています。集団としての戦略だけではなく、個人の動きに関しても一人一人に丁寧にアドバイスしているみたいです。

「わかった！　バレンタイン先生！」

バレンタイン、ちゃんと先生をしてますね。

「どうだマーガレット、ちゃんと教えているだろ？」

「末恐ろしいほどに。しかし、どこで覚えたんですか？　子供たちにあそこまでの技術を教えるのは難しかったでしょう？」

「そんなことないぞ？　私の知ってることを教えているだけだ」

バレンタインはそう言いますが……あ、いつも見守り役をしてくれているエルフさん、こんにちは。え、はいはい、バレンタインは教えることに関して天才的な才能を持っていると。

たしかに、元々戦闘力が高い悪魔の子供はともかく、人間やエルフの子供までここまでの強さを得ることができたということは、教えるバレンタインが優秀ということです。

「これは大人にもやった方がいいかもしれませんね……バレンタイン、今度希望する大人にも戦闘訓練をしてあげてください」

これだけ子供が強くなっていたら、それに危機感を覚えた大人が希望してくるはずです。自分の子供の方が強いというのは親としてなんともいえない状況でしょうから。

「わかったぞ、マーガレットは？」

「私ですか？　私は……そうですね、私より強い人が現れたら参加しましょう」

今のところ、私よりも強い人はいないので戦闘訓練はやめておきます。まあ、早起きするのが嫌だというのが一番の理由ですけれども。

「それ……参加する気ないだろ？」

バレンタインが胡乱《うろん》な視線を向けてきます。いやいや、もしかしたら私よりも強い人が現れるかもしれないじゃないですか。そうなったら参加します。

◇◇◇

「寒くなってきましたねー」

この地に来てから、三か月くらい経ちましたか？　だいぶ冬が近づいてきている気がします。フェンのモフモフの毛皮に埋まって身体を温めたいですね。

バレンタインによる戦闘訓練は大人たちにもおこなっています。効果は覿面《てきめん》のようで……悪魔たちは全員が上級悪魔に進化し、一部はアーさんの一つ下である超級悪魔になったようです。

その事実を知って、元冒険者さんが顔を引きつらせていました。なんでも、小さな村では低級悪魔が現れただけで全滅を覚悟し、中級なら町が、上級なら大きな街が複数滅《ほろ》ぼされる危険があるようです。

超級悪魔に至ってはそう簡単に生まれる存在ではなく、もし受肉《じゅにく》してこの世界に現れようものなら国をあげての戦いになるそうです。

人間やエルフのみなさんもしっかりと訓練していて、元冒険者のみなさんから見ても、なかなかの戦闘技術を身につけているとのこと。

これだけの戦力があれば、防衛は問題ないですね。

そんな存在よりも強いアーさん。少し見直しました。

「少しじゃなくて、がっつりと見直してほしいのだが……」

「あれ、アーさん、いたんですか」

全然気づきませんでした。

「扉を叩いたのに返事がなかったから入らせてもらったぞ」

ここでは防犯とか気にしなくていいですからねー。今も昔も私はあまり物を持たないので、盗《と》られて困るものもないですし。

ただ、さすがに誰でも好き勝手に入っていいわけではないですよ。本当に信頼を置いている人たちだけです。

「お気になさらず。それでどうしたんですか？」

「キャラバンとやらが来たぞ。ルールーと元商人が対応しているが……」

アーさんが少し言いづらそうにします。あー、わかりました。

「揉《も》めているんですね？」

「正確に言えば揉《も》めそう、というところだ。仮に揉《も》めなくとも、マーガレットがいなければ話は進まないだろう」

「一応私が代表ですからねー。アーさんも一緒に来てくれますか？」

なにかあったときのため、アーさんを連れていきましょう。

自宅を出て、お客さん用に作っておいた迎賓館《げいひんかん》に向かいます。たぶん、ここで一番きれいな建物です。

迎賓館《げいひんかん》の裏手にはキャラバンのメンバーらしき人たちが待機しています。うーん、あまり人を見た目で判断するのはよくないと思ってはいますが、明らかに柄《がら》が悪そうな人たちです。

私の姿を見つけると、にらみつけてきますしね。

迎賓館《げいひんかん》の一室に入ると、キャラバンの代表らしき男が明らかな敵意を私に向けてきました。

「あー？　てめぇがこのバケモンの里の親玉か？」

なんですか、この金髪。私を見た途端それですか？　なんか顔はいいんですけど、金髪なのもあってあの馬鹿王子を思い出します。見ているだけでめちゃくちゃイライラしますね。

というか、この人たちの見た目はキャラバンというよりも完全に賊ですね。馬じゃなくて魔物に馬車を引かせていますし。コロシアム上がりみたいな人も多いです。

「おい、なに無視してんだ、てめぇ！」

「うるさいですよ、金髪。出会い頭《がしら》に失礼なことを言わないでください」

「き、金髪⁉」

そうです、あなたのことですよ、金髪。なんで私も言い返しているのかというと、ルールーが泣きそうな目でこっちを見ているからです。ルールーは仕事はできますが、荒事《あらごと》は苦手ですから。

ルールーが泣きそうということは、ただの交渉じゃなくて荒事《あらごと》に持ち込もうとしたんでしょう？

この金髪。

「てめぇ、俺たちを舐めてるのか⁉　俺たちは天下の大義賊、ブッチャー団だぞ！」

「ダサいですね」

「ダサいな」

アーさんと声が揃います。ブッチャー団って、ダサくないですか？　しかも天下の大義賊ってなんですか。義賊が天下に出ていってどうするのです、暗躍するものでしょう。

「てめぇ……もういい、ここの悪魔やエルフを俺様の配下に加えてやろうかと思ったが、ここまで舐められちゃあ仕方ねぇ。てめぇら、やっちまえ！」

あー、馬鹿ですね。多分ここの人たちを戦力にしようと考えていたんでしょうけど、あなた方に従えられるような人たちではないのです。

迎賓館《げいひんかん》の中に乗り込もうとする男たちに向かって、アーさんが軽く指を鳴らします。それがアーさんの魔法発動方法です。

どうやら魔法で男たちを転送したようで、一瞬で彼らの姿が消えてしまいます。どこにって？　おそらく悪魔たちが集《つど》うマーガレット城だと思います。生きて帰れますかね？

「な、なんで誰もいない⁉　なにがあったんだ⁉」

「……ルールー、このお馬鹿さんたちはこれで全部ですか？」

「も、森の外にもいるそうです」

「そうですか。アーさん、そっちも捕縛《ほばく》しておいてください」

「了解した」

アーさんはそう言うと、自分も転移の魔法で姿を消しました。きっと森の中へ移動したのでしょう。

さて、この馬鹿金髪も捕まえましょうか。

私も、さっきのアーさんみたいに魔法を使ってみましょう。指を鳴らすだけです、パチンと。

金髪は威勢がいいだけで、さほど強くもなかったようです。大した抵抗もせず、あっさりと魔法の効果で眠りについてしまいました。

「と、いうことで魔法で眠らせました。ルールー、大丈夫ですか」

「マーガレット様ぁぁぁぁぁぁ」

「んぐ……よしよし」

怖かったでしょうから、ハグを受け止めてあげます。かなり勢いがあって倒れそうになりましたが。

さて、どうしましょうか、キャラバンの人たち。百人くらいいましたけど。

第三章　賑わいの冬

ブッチャー団の一件以来、特に目立った事件もなく、平和な日々を過ごしている私です。

季節は少しずつ変化し、本格的に寒くなってきました。そろそろ雪が降りそうです。

ブッチャー団についてですが、あの人たちは……悪魔たちの餌《えさ》になりました。

っていうのはさすがに嘘です。悪魔たちはみんな美食家ですからね、人間は食べないようです。

普段もかなり食事にこだわっていますから。ちなみにアーさんの好みは野菜中心の食事です。

話を戻して、ブッチャー団のみなさんには働いてもらっています。ルールーを怖がらせ、私たちに攻撃しようとした罰です。といっても辛い労働などは特にないので、普通に働いてもらっていますが。

団長の金髪はいまだに反抗していますが、他のみなさんはここが気に入ったようで移住を希望していると聞きました。そこら辺の判断はエルフのシルフィに任せています。

最初は気づきませんでしたが……シルフィ、かなり変わった性格をしているんですよね。

ブッチャー団のみなさんに強制労働させることを提案したのも彼女ですし、最近の趣味は金髪をいじることだそうです。

定期的に脱走や抵抗を試みようとする金髪を簡単に捕縛《ほばく》していじめている様子が目撃されてい

ます。

「うー、寒いです。こたつが欲しいですね」

ブッチャー団のことよりも、冬が近づいてきていることが問題です。悪魔はともかく、人間にとって冬はなかなか厳しいものですから。

食料の備蓄や雪の対策などもそうですが……なにより寒さを凌《しの》ぐ方法を探さなければなりません。

「ということで、こたつを作ってもらえませんか？」

「もちろんでございやす！　聖女様の頼みとあらば断るわけにはいきやせん。最優先で仕事に当たらせてもらいやす！　あっしに任せてくだせぇ！」

ルールーがつれてきた人間の中にいた家具職人のところに来ましたが、私が頼むと速攻で取りかかってくれました。ルールーの連れてきた人たちはみんなこんな感じです。

最初はかなり困惑しましたが、慣れました。ありがたいことですし。

「じゃあ、頼みます」


「おお！　こたつです！」

数日後、我が家にはこたつがありました。さっそくスイッチを入れて……あれ？　スイッチどこです？

あ、ちゃんと説明書がついていました。ふむふむ、なるほど。魔力を流すことで起動するんですね。

私がいつもどおりの魔力を流してしまうと魔力過多で壊れかねないので、慎重に、ほんの少しだけ流していきます。

「ふわぁ……ぬくいです……」

一度入ってしまうと抜け出せません。今日は一日ここにいる気がします。

こたつでうとうとしていると、家の扉が開く音がしました。誰でしょう？

「なにをやっているのだ、主《あるじ》よ」

「フェンですか、こたつです。フェンも小さくなって入ってみては？」

今の大きさだと少し大きすぎます。小さくなってください。

フェンは素直に小さくなって、そのまま私の膝元にちょこんと座って丸くなります。

「可愛いですね、もふもふです」

フェンもこたつのよさに気づいたのか、すぐさま寝ます。相変わらずですね、仕事もしていますが、フェンはかなり寝ます。

再びフェンと一緒にぬくぬくタイムです。ですが……飲み物とおやつが欲しいですね。

「マーガレット、いるか？」

「アーさんですか。どうぞー」

外の寒い空気とともにアーさんが入ってきます。うぅ、寒い。こたつに肩まで入りましょう。

「なにをやっているんだ……」

「こたつにくるまってます。アーさんこそ、どうしました？」

アーさんが両手に持ったものを見せてきます。

おお、それはブッチャー団が持っていたお酒に、エルフが作ったおつまみじゃないですか！

「しばらく、酒など飲んでいないだろう？　一杯どうかと思ってな」

「さすがです、アーさん。飲みましょう！」

お酒に強いわけではありませんが、酔ったときのふわふわ感は好きです。ぜひとも飲みましょう。

「では、乾杯です」

「乾杯……美味《うま》い」

コップを掲げて、グイっとお酒を飲みます。

「おいしいですね、あまり酒精《しゅせい》も強くないですし、飲みやすいです。というか悪魔ってお酒飲むんですね」

「高位になればなるほど食に対する興味が深くなるものだ。強さとは別の趣味嗜好に興味を持ち始めるのだな」

なるほど、どうりで最近悪魔たちがグルメになってきているわけです。

「悪魔たちは最近どうですか？」

「元気だ。魔界にいたときとは比べものにならないほどな。最近のブームは料理コンテストをおこなうことだそうだ」

料理コンテストで盛り上がる悪魔……御伽噺《おとぎばなし》だとしても信じてもらえなそうです。

「家畜を探しに行った悪魔さんたちは元気ですか？」

「そやつらも元気だ。魔界でかなり戦闘経験を詰んだのか超級悪魔として恥じぬ強さを身につけたそうだ。悪魔三人衆と名乗っているらしい」

家畜探しをやっているのか、武者修行をしているのか、判断に困る評価ですね。

「んー、景色が回ってきました」

久しぶりにお酒を飲んだのでペースを間違えたかもしれません。気持ち悪いというほどではないですが、ちょっと酔っぱらってきています。

「飲む勢いが速すぎるのだ、ほら、水を飲め」

うーん、酔いが回って気持ちいいです。アーさんは優しいですね。いつもありがとうございます。

酔いましたが、まだ飲みます。ここからがお酒の楽しいところです。あ、家の前を通ったシルフィとルールーも巻き込みましょう。

バレンタイン？　あなた……子供ですけど年齢的に飲んでも大丈夫なんですか。魔界の生命は長寿で見た目と中身年齢は違うと。まぁいいでしょう、一緒に飲みますか。

どんどん人を巻き込んでいったら、なぜか宴《うたげ》になってしまいました。どんちゃん騒ぎです。

たまには、こういう日があってもいいでしょう。

◇◇◇

すっかり雪が積もりました。

子供は元気に遊んでいますし、大人も仕事を続けている人が多いです。ですが、雪が積もるとできなくなることもあるわけで……農作業専門の人たちがとても暇そうです。

備蓄の管理とか来年のための準備とかやることはあるのですけど、仕事熱心なのでもうあらかた終わっているようです。

「ということで暇なみなさん。私から提案があります」

「提案、ですか?」

はい、提案です。あなたはたしかルールーの連れてきた元騎士、ヤニムですね。

「提案というのは、みなさんの後ろを見てくれればわかります」

「後ろ?」

集まった大人たちが後ろを見ます。

大人たちの後ろにいるのは、雪玉を両手に構えた子供たち。その目にはギラギラとした闘志と、いたずら心があります。

「わかりましたか? 子供たちは、我々大人に宣戦布告をしました」

「宣戦布告って……」

大人たちはなにを言っているのかという表情を浮かべます。

まあそうなりますよね。私も突然子供たちが家に押しかけてきて、高らかに宣戦布告されたときはそんな顔をしていたと思います。

ただ、宣戦布告の内容には見逃せない一文があったのです。

「大袈裟《おおげさ》ではないか？　という疑問はわかります。ですが、子供たちはこの雪合戦の賞品として、一週間の甘味《かんみ》の優先権を要求してきました」

大人たちの空気がぴりっとします。いまだにまともな交易をしていないので、甘いものはかなり貴重です。数少ない甘味《かんみ》を、大人も子供も分け隔てなく抽選で食べられるようにしていますが、今回の雪合戦で買ったらその甘味《かんみ》を優先的にもらう——それが子供たちの要求です。

このことを説明すると、大人たちも表情を引き締めました。次いで、ゆらぁっとしゃがんで、足元の雪を固め始めます。

そして声を揃えて一言。

「「かかってこいよ！」」

大人の本気の見せどころ、ですね。

さあ子供たち、戦うとしましょう！

SIDE　ヤニム

俺はヤニム。王国にいたときは騎士をしていた。ある日、熱心に仕事をしている聖女様を見たときから、俺はあの人に夢中になっている。

はっきり言って、一目惚れだった。

そして聖女会という団体を見つけて、そこに所属し、行動している。意外かもしれないが、聖女会のメンバーの中でマーガレット様に恋心を抱いているメンバーはほとんどいない。みんな、尊敬や感謝の念から聖女会に入っている。

俺は……一目惚れしたのは間違いない。ただ、あの人とそういう関係になりたいかと言われるとそんなことはない気がする。

うーん、自分の気持ちがわからない。どっちかっていうと信仰に近いような気もする。

「ヤニム、そろそろ始まりますよ」

「え、あ、はい！」

そうだった、今は子供たちとの雪合戦の準備中だった。ちなみにマーガレット様は大人グループの大将、その補佐としてアーさんとフェンさんがいる。

俺は、人間の大人たちの指揮を任された。元騎士だからな。王国にいたときは、騎士っていってもそこまで偉い立場ではなかったから、人の上に立つことはなかったんだけれども……マーガレット様に任された以上、しっかり役目をこなすぞ！

にしても……これは本当に俺の知っている雪合戦なんだろうか？

陣地を攻め落とした方が勝ちというルール。まあ、それはわかる。マーガレット様の大規模魔法で、きちんと雪合戦用の戦場が作られているのもまだわかる。

あと、魔法の使用可、だけど攻撃は雪玉のみっていう条件もわかる。その条件なら、魔法は主に防御に使われ、攻撃はそこまで強くならないはずだからな。

ただ……この雪合戦用の戦場、色々な建築物が立っている。

子供たちの陣地には、魔法で作った複数の防壁。そして、パッと見ただけではどう攻め込んだらいいのかわからない要塞のような雪の建物がある。

ちなみに大人側の陣地には、マーガレット様が魔法で作った、櫓《やぐら》みたいな建物がある。マーガレット様はその一番上で大将を務めるみたいだ。

マーガレット様曰《いわ》く、周りが見えている方が守りやすいらしい。あの人は規格外だから、陣地は大丈夫なはず。

悪魔たちもいるし、人数も大人側の方が多い。ちょっと大人げない気もするけど、人数差がある以上、こっちから攻めよう。

「よし、相手は子供だ！　人間部隊全員で一点突破！　エルフと悪魔の部隊が防衛をやってくれる。俺たちの甘味《かんみ》を守るぞ！」

「「「応！」」」

やる気は十分。よし行くぞ！

まずは魔法を使える連中を先頭にして、威力の弱めの火魔法で防壁を溶かす。そしてまっすぐに子供たちの陣地を目指して突撃していく。

防壁を溶かした瞬間に子供たちの一斉攻撃が来るかなと思っていたけど、攻撃が来ないどころか、子供たちの姿が見えない。どこにいるんだ？

とても順調……順調だけど、あまりに抵抗がなさすぎる。防壁も、迷路のように作られているのかと思えば、ハリボテのようであまり凝《こ》っていない。

あのバレンタインが大将を務めているのに、こんなにあっさりいくはずがない。なにか強烈に嫌な予感がしてしまう。こういうときの勘は当たることが多い。ここは一旦進軍を停止するしかないな！

「みんな、これは罠《わな》――」

そう言いかけたところで、足元にあるはずの地面が消えた。

身体が宙に浮く感覚、これはまさか！

「落とし穴だと!?　くそっ！」

なかなかに深い穴が掘られていたらしい。準備時間はそんなに長くなかったのに、見た目どころか魔法の痕跡まで、完全に隠蔽《いんぺい》するとは！

「さすがはヤニム、気づいたか」

「バレンタイン……！」

俺はなんとか落とし穴から逃れたが、今ので部隊の半分がやられた。しかも、周りには雪玉を持った子供たちとバレンタイン。

少しでも抵抗すれば雪玉の雨が降り注ぐのは間違いない。俺たちの足が止まった隙に、撤退できないように壁が作られているし……。完全にしてやられたな。

「大人しく降伏を認めれば、酷い目にはあわないぞ？」

くっ、攻撃部隊の戦意はすでにないに等しい。普段の訓練から考えると、子供たちの投げる雪玉はかなりの威力がある。それを一斉に投げられれば……想像したくないぞ。ていうか死ぬんじゃないか……？

だが、俺はマーガレット様にこの部隊を任されたのだ。引くわけにはいかない。

「かかってこい子供たち、大人の本気を舐めるなよ！」

◆◆◆

ヤニムに指揮を任せた突撃部隊でしたが、子供たちの策略にはまってしまったことで大きな被害を受けたみたいです。

思っていた以上に強いですね、子供たち。

「ヤニム部隊、壊滅ですか。少し雲行きが怪しくなってきましたね」

「ヤニム本人はまだ戦っているようだぞ？　元騎士というだけある。多勢を相手にしているにもかかわらず、見事な逃げっぷりだ」

たしかに、ヤニムは雪玉をかわしながら、なんとか生き残っていますね。やり返すわけではありませんが、子供たちがヤニムに気を取られているうちに、大人部隊の人間たちが少しずつ態勢を立て直しています。

逃げること。それがヤニムの才能なのかもしれません。なんにせよ、攻撃部隊に任命した大人部隊が立て直せればまだ勝機はあります。一部は既に降伏しているので人数の差はできてしまっていますが……

「どうする？　マーガレット。我も甘味《かんみ》がなくなるのは嫌だぞ」

「私も断固拒否します。ということで任せました、アーさん」

私は軍事のことなどわかりません。その代わり、私の役割を果たします。

「ここは守ります。大人げないと言われようが本気でやります」

抽選で外れて甘味《かんみ》を食べられないのは仕方ないですが、子供たちに優先権が回るとその抽選すらおこなわれません。こたつで甘味《かんみ》を食べるのが最近の趣味なんです。

「さぁ、まだまだですよ、子供たち」

アーさんに攻撃を任せたことで、悪魔隊が動き始めます。今までは散発《さんぱつ》的な子供たちの攻撃に対して、防衛する役割を担《にな》っていましたが、ついに陣地から出ていきます。

アーさんも指揮のもと、高い士気で戦いに行くようです。その本気ぶりはとても雪合戦に臨む姿には見えませんが……甘味《かんみ》のためです。いたし方ありません。

よし、アーさん、やっちゃってください！

……あれ？　一方的な戦いになる可能性も考えていましたが、思った以上に戦線が膠着《こうちゃく》しています。

「うわぁ、隊長！　子供たちの攻撃ヤバいっす！」

「そうッスよ！　あんなもん喰らったら俺ら死んじまいやすぜ!?」

「うるさい！　悪魔がその程度で狼狽《うろた》えるな！　子供たちの攻撃は苛烈《かれつ》だが、持久力はない。気合で戦線を維持しろ！」

子供たちの攻撃が凄まじいようです。アーさんの指示が飛びます。これはもう戦争なのではないだろうかという本気度ですね……

子供たちは一日中バレンタインと訓練しているせいか、かなり洗練された部隊行動をとっています。

バレンタインの築いてきた信頼はかなり篤《あつ》いようで、子供たちは一瞬たりとも迷わずバレンタインの指示に従っています。

舞台の編成も、悪魔、人間、エルフそれぞれの得意な能力をうまく組み合わせていますね。

こっちも種族にこだわらず、細かい部隊編成をおこなうべきなのでしょうが、そこまでの時間はありません。この雪合戦はこのまま種族で分けた部隊編成でいくしかありません。

「大丈夫ですか？　アーさん」

「問題ない。泣き言を言ってはいるが、上級悪魔の集まりだぞ。そう簡単には負けん」

「けど、身体強化の精度は圧倒的に子供たちが上ですよ？」

「そうなのだ……雪玉が洒落《しゃれ》にならない威力になっている」

雪玉が防壁にぶつかるたびにズドンッ！　って音がしていますからね。というか、魔法で作った雪の櫓《やぐら》ですが、雪そのものの強度を上げたわけではないので子供たちの雪玉で少しずつ崩れてきています。一部の人たちが修復作業をおこなってくれてはいますが、破壊スピードの方が速いですね。

「……そんなに時間がないようだな。よし、我が行こう」

「フェンもついていってあげてください。アーさんとフェンなら落とせるはずです」

フェンとアーさんが張り切って敵陣に殴り込みに行きました。悪魔の中でも実力者たちがそれに続きます。

あと少しなら耐えられますし、私がなにかする必要もなく、勝負がつくでしょう。

……あれ？　子供たちの陣地、なんか大人がいません？　あれって……金髪？　まさか、元ブッチャー団ですか？

「俺たちは子供たちにつくぜ！　おらぁ、やっちまえ」

「「「おおおおお！」」」

まさかの裏切りです。

あの金髪……やってくれますね。ただ突っ込んできているだけですが、時間を稼がないと、ここが落ちます。

アーさん、フェンが戻ってくる余裕はなさそうですから、私が動くしかなさそうですね。

風魔法で浮き、子供たちを見下ろします。すごい勢いで雪玉が飛んできますが、全部魔法の防壁で止めているので私には当たりません。

ていうか、あの勢いの雪玉が私に当たったら怪我をします。私、あんまり身体強化は得意じゃないんですよね……。主に出力が高すぎるせいで。

下手に身体強化をかけると、逆に身体に大きな負担がかかるなんてことも考えられます。

なので、できるだけ魔法による防御でいきましょう。攻撃にも、魔法を活用しましょうか。

「子供たち、ブッチャー団、覚悟はいいですか？」

返答代わりに大量の雪玉が飛んできます。いいでしょう、見せてあげます。

これが、大人の本気です。

「どーん！」

「「「うわぁぁぁぁ!?」」」

「ぎゃぁぁぁあ」

魔法で大量の雪を持ち上げ、それを全部雪玉にして投げつけました。無差別全包囲攻撃です。金髪だけはちゃんと狙ってますけど。

子供たちは……慌ててはいましたが、ちゃんと遮蔽物《しゃへいぶつ》に隠れたり撃ち落としたりしていますね。私が投げている雪玉、かなりのスピードなんですけどね。なんで撃ち落とせるんでしょうか。……どういう対処能力してるんです？

「マーガレット様は狙っても無駄だ！　櫓《やぐら》を落とすぞ！」

「させませんよ」

子供たちは狙いを櫓《やぐら》に変えますが、雪玉を投げる暇など与えません。投げた雪玉をすぐさま魔法で手元に回収して、すかさず全包囲に投げ続けます。無限に投げ続けているわけですね。

それにしても……早くしてください、アーさん、フェン。このままだと……ん？　子供たちの陣地からまっすぐなにかが……

「うわっ!?　魔槍はルール違反でしょう、バレンタイン！」

「雪で作ってるからセーフだ、マーガレット！」

雪!?　ほんとだ、魔槍ではなく、魔力で固めた雪です。雪玉かどうかは怪しいですが、ルール違反ではないですね。

というか、今、隙をついて子供たちの何人かが雪玉の弾幕を抜けました。バレンタインの魔槍は陽動でしたか……

まずいです。わりと本気で。

大人げなさすぎる手段を選べばいくらでも子供たちを止められますが、一応これは遊びです。そんな手段はとれません。

困っていると、子供たちの陣地から悲鳴が上がります。そっちを見ると、そこには勝ち鬨《どき》を上げるヤニムと、ボロボロのフェン、アーさんがいました。

「大人の勝利だァァァァァ！」

ヤニム、まだ生きていたんですか。

雪合戦の結果、甘味《かんみ》は守られました。

ただ、子供たちはとても素晴らしい成長を見せてくれたので、結局一週間、大人が甘味《かんみ》を譲り続けるということになりました。

私も、ちゃんとあげましたよ。どうやら子供たちが辞退するくらい悲しい顔をしてしまったみたいですが……。反省です、子供に気を遣わせてしまいました。

あの子供たちの猛攻からひたすら逃げ続けたヤニムは、逃げの才能を開花させたみたいです。雪合戦の次の日の訓練では、本気のバレンタインからも逃げ切っていました。すごいです、ヤニム。

雪合戦は無事に終わったのですが、この場所に新たな問題が起きました。

それは私の目の前で雪に埋もれている巨大なカブトムシさんです。フェンが最大まで大きくなったときと同じくらいの大きさがありますね。

突然飛んできたときはびっくりしましたが、別に村に危害を加えたいわけではないようですから、話を聞くことになりました。

「ふむふむ、元々帝国にいたけど、森が開拓されて住処《すみか》がなくなったと」

「いやいや、なぜそのカブトムシと会話が通じているんだ？」

触覚と足を使ったジェスチャーが見事だからです。あと、大雑把《おおざっぱ》ですが思念《しねん》が魔力に乗っているというのもあります。そのため、なんとなく考えていることが伝わってきます。

「ここに住みたいんですか？　まぁいいですけど、え、カブトムシさん、蜜作れるんですか⁉」

カブトムシってそんな習性ありましたっけ？　蜜を作るのは蜂さんというイメージが強いです。

私が疑問に思っていると、王国で魔物の研究をしていた学者さんが答えてくれます。

「マーガレット様、たしかそのカブトムシはビービートルと呼ばれている魔物で、最高級の蜜を生み出すのです。個体数が少なく、ビービートル自体も相当な強さなので、なかなか蜜を採取することができません。そのため、その蜜は王都ですら滅多に流通しません。ですがそのおいしさは伝説級で、ビービートルの蜜に人生を捧げる人もいるとか」

解説ありがとうございます、学者さん。ルールーが連れてきた人たちの中の一人ですね。

「カブトムシさん、その蜜ってもしかして」

くれたりします？　ふむふむ、家賃として差し出すと。あ、巣を作る許可も欲しい？　巣っていうと……木に穴を作るとか？　いや、無理ですよね。だってカブトムシさん、私よりも遥かに大きいですし。その大きさで木に住むとなると、エルフの国に生えているという伝説の世界樹が必要そうです。

「少し離れた場所の地下に作ると。わかりました、大丈夫ですよ。カブトムシさんも私たちの一員です」

あっさりと決めましたが、蜜に釣られた部分がないとはいえません。

「カブトムシさん、名前はあるんですか？」

ないそうです。じゃあ、そうですね……

「カブさんで」

「……」

みんなの視線が突き刺さっている気がします。カブさんもなんか微妙なジェスチャーですね。ダメですか？　カブさん。可愛いじゃないですか。

カブさんは、お世話になりますと言わんばかりにさっそく蜜をくれます。

試しに一口。

……これは、ビービートルの蜜に人生を捧げる人がいるというのも頷けます。これ、やばいです。

おいしすぎます。砂糖にもなるそうですし、甘味《かんみ》の問題は解決するのでは？

案の定、カブさんの蜜はこの集団に劇的な変化をもたらしました。甘味《かんみ》の質が上がっただけではなく、供給量も増えたので、甘味《かんみ》をめぐる争いも減りそうです。

それに、カブさんの蜜を使った甘味《かんみ》は最高級のものになるので、お客様の接待にも重宝しています。

そして今まさに、その場面の真っ最中です。

「……どうも、こんにちは」

「こんにちは」

カブさんに引き続き、お客様が来ています。

とてもいい服を着た、羊の角の魔人さんですね。おとなしそうな見た目をしていますが、魔力的には、かなりの実力がありそうです。あと、なぜかすごく疲れた顔をしています。

この方は、家畜を探しに行っていた悪魔三人衆が魔界から連れてきました。

「私は、魔界で四天王をしているラムというものです」

とんでもない大物でした。魔界の四天王って、この世のすべての生命の敵といわれてませんでしたっけ？

なぜそんな大物が来るのですかという気持ちはありますが、今はきちんと名乗り返しましょう。

「ご丁寧にどうも、私はマーガレットです」

「はい、存じております。この地を治める規格外の人間。魔界にもその情報は届いています」

「ただのんびり暮らしているだけなんですが……それで、ラムさんはなぜここに？」

「視察と、勧誘を兼ねてです。ですが、後者に関してはあなたを見た瞬間諦めました」

えっと、どういうことです？

「あなた、私よりも強いんですよ。勧誘して断られて、話が拗《こじ》れたときに問題が起きそうなのでやめました」

なるほど。たしかに魔力だけでいえばラムさんの方が少ないです。技術的なことも含めると一概には言えないんでしょうけど。

「視察というのは？」

「そのままの意味です。あ、このお菓子おいしいですね」

カブさんのくれた蜜を使ってますから。絶品です。

「魔界としては、ここに手を出すつもりはありません。できればこのお菓子のような嗜好品《しこうひん》を買い取らせていただきたいところですが……」

買い取り。まさかこれは交易のチャンスなのでは？　ルールーとシルフィを呼びましょう。

私は、あまり交渉術に優れているわけではありませんから、あとは二人に任せます。では。

しばらくすると、どうやら話がまとまったようです。

「では、今後ともよろしくお願いします」

「こちらこそ、よろしくお願いします」

無事にラムさんとの交渉は終わりました。

ちなみに、二人にはあとでめちゃくちゃ怒られました。四天王とのやりとりをそんなに簡単に任せないでほしいとのことです。

ただ、今回の交渉では大きな利益が期待できます。

「これで現金や嗜好品《しこうひん》が手に入りますね」

ルールーも頷きます。

「はい、そこに関してはわたくしもよかったと思います。ですが、現状、こちらから出せるものはカブさんの蜜関連しかないので……もう少しこちらから出せるものを増やさないといけません」

たしかに、なにか考えないといけませんね。

「あと、この地の名前を考えましょう。前々から気になっていましたが、名なしはよくありません」

名前は私が決めなきゃいけないそうです。私、あんまり名前をつけるのが得意じゃないんですけど……いつも微妙な顔されますし。

トアル湖の近くだから、トアル村？　安直すぎますね……私の名前からとるのは言語道断ですし、どうしましょう。

色んな種族が、楽しくのんびりと暮らしている。

なんとなく、そのイメージだと名前が浮かんできました。

「ここの名前は『ノア』にしましょう」

今日より、ここの名前はノアです。よろしくお願いします。

閑話　魔界にて　SIDE　魔王

私は魔王。この魔界を治める者として君臨《くんりん》している。

治めるといっても、魔界の連中は好き勝手に生きているやつが多いから、実際に支配下に置いているのは五割程度なのだが。

うむ、まぁそれでも魔王であることに変わりはない。

さて、そんな魔王である私に最近妙な報告が届くようになった。

なんでも、現界にある王国の結界が破れたらしい。

あの結界は昔、勇者が作ったもので相当な強度と拒絶力があったから、王国には迂闊《うかつ》に近づけなかった。たしか、王国内に必ず一人は存在するように運命づけられた聖女が維持管理をしていたはず。

「聖女はどうした？」

「なんでも、王国では聖女の力を信じていないようで、追い出したそうです」

馬鹿だ。王国はそこまで馬鹿になってしまったのか……いや、人間の寿命を考えれば仕方のないことなのか？

魔界の者の寿命は長いが、人間はたかだか二百年ほどの短い間で何度も代替わりをおこなう。知識や伝統が途絶えてしまうのも、仕方がないことなのかもしれない。

「それで、追い出された聖女はどうしているんだ？　まさか死んではいないだろうな」

「まさか。聖女はトアル湖という湖の近くに村を作っています。いい村でしたよ。とんでもない戦力でしたが」

「え？　ラム、お前行ってきたのか？」

聞いてないぞ。そんな話。

「行ってきましたよ。私は情報担当の四天王ですから」

「それで、戦力とは？　聖女は王国に復讐でもする気か？」

「恨む気持ちはあるでしょうが、聖女側から攻撃などはしないでしょうね」

じゃあ戦力とはどういうことだ？　村だろ？　なんで戦力がある？　自警団のようなものを組織しているということか？　だが、まだできたばかりの村だろう？　可能性としてはあまり考えられない。

「確認できただけでも、上級、超級合わせて二百近い悪魔がいます。しかもその統率者として超級のひとつ上である王級悪魔もいました」

なんで現界の村に悪魔の群れがいるんだ？　まさか、悪魔の巣窟《そうくつ》になっているのか？

だとしても、王級悪魔って、悪魔公《デーモンロード》って呼ばれるやつらだよな？　そんなやつらが村など作ってなにしているんだ……

「あと、魔槍姫がいました」

魔槍姫。魔界の実力者だな。

「そして、魔槍姫は軍事教育に天賦《てんぷ》の才を持っていたようです。村人のほぼ全員が中級悪魔と戦ったら勝つでしょう」

化け物みたいな村だな。それだけの戦力があれば王国など簡単に滅《ほろ》ぼせるだろう。いや、勇者がいればいい勝負になるか……？

「聖女は一体どうやってその村を作ったのだ？　悪魔たちに気に入られたのか？」

聖女がリーダーとなって村を作ったとは思えん。もしかして、魔槍姫が中心になって作っているのか？　かなりお転婆《てんば》な娘だと聞いているからな。可能性としては大いにありうる。

そう考えたが、ラムがとんでもないことを口にしてくる。

「ああ、その村で一番強いの、聖女です」

……え？

「どういうことだ？」

「聖女――マーガレットという名前なのですが、彼女は結界の魔力を吸収したみたいで、とんでもない魔力でした。魔力だけ見れば四天王合わせても勝てないと思います」

化け物だ。四天王合わせてって私と同じか、それ以上の可能性もある。

私はこれでも歴代最強と呼ばれる魔王なのだが……

「……ここに攻めてくる危険性は？」

「まずありません。穏やかに暮らしたいようですし、聖女は平和を体現したみたいな生活をしていました」

なるほど。攻めてくる危険がないのならば、友好策を取るか放置だな。

ちなみに、ラムよ。お前が手に持っているのは？

「ビービートルの蜜を使ったお菓子です。絶品ですよ」

「ビービートル!? 村にいるのか？」

「はい、いましたよ。交易に関しては前向きでした」

もう交易の話を……だが、ビービートルの蜜は超高級品。私もなかなか食べられない。

「……交易はコンに任せた方がいいのではないか？」

コンは経済担当の四天王だ。

「コンの性格は、あの村とは合わないでしょう。決裂するどころか死にかねません、コンが」

コンは金の亡者であり、魔界の生まれとしてプライドを持っている。現界との交易だと強気に出るのは間違いない。そうなれば……うむ、ラムに任せよう。

「任せた。ラム」

「はい、任されました。とってもいい村だったので、また行くのが楽しみです」

「……お前、まさか移住するとか言わないよな？」

魔界は荒々しい者が多いから、あまり料理や生活の文化が発達していない。

上級の者や一部の者は食に興味を持っているが、魔王城ではあまりそういうのを気にしていない。

まさか……

「いやいや、言いませんよ。多分」

「多分!?　いや移住されては困るぞ!?　おいラム！　無視するな！　ラーム！」

お前がいなくなったら仕事の量が増えて私が死ぬ！

第四章　爆会祭《ばくかいさい》

交易が始まりました。交易といっても、ラムさん個人とおこなっているものですが。

ラムさんは魔界の四天王であり、領地を持っているので、個人との交易といっても得られるものはたくさんあります。

その最たるものが、今の目の前にある黄金ですね。

「すごい量ですね……そんなにビービートルの蜜が高級品だとは」

ルールーもこの黄金の量には驚いています。本当は通貨が欲しかったのですが、魔界の通貨をもらっても困るのでわかりやすい資産として黄金をもらいました。

これでこのノアの村もお金持ちです。

「黄金は十分なので、他の物との取引を始めようと思うんですが、なにがいいです？」

「「酒！　甘いもの！　美味《うま》いもの！」」

満場一致ですね。しかし、みんな食に興味を持ちすぎでは？　まぁ私もその意見に全力で賛成しますが。

「じゃあ、次はそのようにしましょう。ルールー、あとはお願いします」

「わかりました！」

よしよし、交易は順調に進みそうですね。

平和にほのぼの暮らす。その目標はだいたい達成していますが、一応はここの代表としてみんなの暮らしをよくしていかなければなりません。

養《やしな》わなければならないってことです。それに私も、よりよい生活をしたいですから。

◇◇◇

さて、交易が始まってから少し時が流れ、冬も半ばというところまできました。

相変わらず寒いですし、雪も積もっていますが、だいぶ慣れてきました。こたつもありますし、寒さに怯える生活はしなくて済んでいます。

子供たちは、この前雪合戦に負けたことが悔しかったのか、さらに密度の濃い訓練をおこなっています。

もちろん、雪合戦で子供たちの陣地を取ったヤニムも参加しています。いや、強制的に参加させられている、が正しいでしょうか……

「マーガレット様ァァァァ助けてぇぇぇぇぇぇ」

外から子供たちに追いかけられているヤニムの悲鳴が聞こえてきます。

死なないように祈っておきますよ、ヤニム。祈ることは得意です、聖女ですから。

子供たちはそんな感じで元気ですね。元気すぎるくらいです。

大人たちは……冬の間は農作業ができないので仕事がだいぶ減っています。

真面目な人が多いので、なにかしらの仕事を見つけて働いているんですけど、それでも少し時間を持て余しているようです。

時間を持て余す、すばらしい生活だと思うんですけどね。この村の人たちは勤勉で真面目です。

「それでも、娯楽が欲しいという要望は多いですね」

悪魔たちのように個人で娯楽を見つけて楽しむという手もありますが、多分この要望を出した人たちは大勢でできる娯楽を求めているのでしょう。

ちなみに、私の家に『要望箱』というのが設置されていて、そこに定期的に匿名《とくめい》の要望が入っています。

「ルールーとシルフィ、アーさん、フェン、バレンタインを呼びますか。みんなで娯楽を考えましょう」

みんなを私の家に集めます。私の家はこういった少人数の会議をおこなうために作られた部屋がありますから、そこでやりましょう。

テーブルはこたつにすることが可能で、お菓子や飲み物の持ち込みも大丈夫です。楽しく、落ち着いて話をできるようにしてあります。

みんなに声をかけると、タイミングよく手が空いていたのか、すぐに集まってくれました。

「はい、今日の議題は娯楽です。なにか意見がある人、いますか」

会議の進行は私がおこないます。お、さっそくバレンタインが元気よく手を上げてくれますね。

「私とマーガレットの試合はどうだ⁉」

「嫌です」

バレンタイン、残念ながら却下です。外は寒いですし、加減を間違えると怪我を負ったり、建物を壊してしまったりする可能性がありますからね。

「では、悪魔たちによる料理大会はどうだ？　最近、かなり腕前が上がってきているようだ」

「それ、面白そうですね、アーさん」

最近、悪魔たちは趣味として料理をしています。たしか、アーさんは悪魔たちの料理勝負の審判を何度もやっているので、味が上がっていく様《さま》を目《ま》の当たりにしているのでしょう。

今度、私も審査員として呼んでもらいましょう。おいしい料理、食べたいです！

「料理大会……よさそうですね。候補のひとつにしましょう。他にはありますか？」

「わたくしはマーガレット様の祈祷会《きとうかい》がよろしいかと！」

「却下です」

なんで私と一緒に祈るのが娯楽なんですか。というか、祈りを娯楽と考えるのは不遜《ふそん》でしょう。

「……」

「フェンはどうです？」

落ち着いた提案をしてくれそうなフェンに意見を求めます。

「……我は、この前の雪合戦のような行事がいいと思うぞ。やはり、みんなでなにかをするというのは楽しい」

フェン、いいことを言いますね。ご褒美に、もふもふー。

最近もふもふをあまりしていない気がします……いや、こたつで一緒にいるときはフェンを抱いてお昼寝することもあるのですが、外ではあまり触れ合っていません。

話が逸《そ》れましたね。

たしかにあの雪合戦は子供たちの成長も見られましたし、ルールがあれば種族や年齢の差を越えて楽しめます。いいかもしれませんね。

「じゃあ、爆会《ばくかい》はどうだ？」

「「爆会？」」

私とルールーとシルフィの声が揃います。魔界組は特に疑問を抱いていないようですから、向こう独自の祭りかなにかでしょうか？

「まあ、やってみればわかる。名前は物騒だが、中身はそこまで危険なものではない」

なるほど？　よくわかりませんが、魔界組はみんなやる気のようですし、どんなものなのか気になるので思い切って採用してみましょうか。

ドッカーン、と魔法が爆発します。

「派手ですねー」

「爆会だからな。にしても、みな熱心だ」

みんな、爆会に向けて練習をおこなっているようです。

結局、娯楽として選ばれた、魔界名物、爆会。

爆会というのは、魔界でおこなわれる勝負のひとつだそうで、簡単にいえば、魔法の威力勝負です。

今回は少し形を変えて、五人でひとつのグループを作って、的に向かって魔法を放つというものになりました。

的は、私が魔法で作った馬鹿王子の像です。最初は壊れやすいように作ったんですが、案の定、すぐに壊されてしまいました。それでは勝負にならないので本気で作り直したものです。そう簡単には壊れませんよ。

勝敗はどれだけ的を壊せたかになります。一発勝負です。

爆会のついでに、お祭りもやろうということでみんな忙しそうに準備をしています。雪が積もっているので、屋台などはあまり出せませんが、代わりに悪魔たちが料理を出してくれるとか。

今からとっても楽しみです。お酒も出してもらいましょう！

ルールーやエルフたち文官衆は、爆会をこのノアの伝統行事にしたいみたいで、資料の作成や備品の準備などで寝る間もなく働いています。

凄まじく忙しい中、なぜかみんなすごみのある笑みを浮かべています。仕事が大好きと言っていますが……大丈夫でしょうか。

金髪率いる元ブッチャー団は会場設営に精を出しています。偉いですね、彼らはここが気に入ったようで、もう出ていく気はないみたいです。少し粗暴なところもありますが、根はいい人たちのようですし、働き者なので村としてもありがたいです。

金髪だけは出ていってもいいと思うのですけど。

ゲストとして、ラムさんも呼んでいます。ラムさんは息子さんも連れてくるみたいです。あと、もう一人連れてくるとか言っていましたが、誰を連れてくるんでしょう？

そんなことを考えていたら、シルフィが近寄ってきました。どうしました？

「他に招待客はいますか？　マーガレット様」

他の招待客についてでしたか。招待客……思いつきませんね。

「いませんね。王国に仲のいい人はいませんし、もちろん魔界にもいません」

「わかりました」

シルフィは頷くと、すぐに仕事に戻っていきます。仕事熱心です。

魔界といえば、家畜を探しに行っている悪魔三人衆ですが、今回の爆会に合わせて帰ってくるようです。家畜となる生き物はまだ見つからないそうですが……

「おーい、そっちの資材足りてるかー？」

「当日の作業分担どうする？」

「俺も祭り当日は座って見たいんだよ！　当番代わってくれよぉぉ」

「くく……この料理でわたくしもマーガレット様の心を射止めます！」

みんな、祭りの準備ということでテンションが高いですね。

ルールー、あなたの料理は……その、かなり独創的なのでできれば悪魔さんの監修のもとで作ってほしいです。切実にお願いします。

昔手作りのお弁当を食べたとき、記憶が飛びましたから。食べられる素材を使って劇物を作れるのはどういう能力なんでしょうね？

なんにせよ、明日からこの村最初のお祭りです。


夜になり、作業も大体終わったころ、前夜祭がおこなわれます。前夜祭といっても、みんなで料理を食べるだけですが。

ただ、私には役目があります。この村の代表としての役割ですね。

とりあえず、壇上に上がりましょう。

壇上からみんなの様子を見ます。人、悪魔、エルフ、多種多様な種族が楽しそうに話をしています。この村では種族の差なんて感じませんね。

私の横にはフェン、アーさん、シルフィ、ルールーがいます。こちらもまた、種族の差なんてないです。みんな、至らないところの多い私を、しっかりと支えてくれています。

「みんな、聞こえますか？」

魔法を使って声を少し響かせます。みんなお利口さんですから、すぐに話をやめて私に身体を向けてくれました。

「いよいよ、明日からこの村初の祭りが始まります」

みんな、楽しみな気持ちが隠れていないですね。嬉しそうな顔をしています。

「こんな祭りをおこなえるのも、みんなが他者に優しく、一生懸命に一日一日を過ごしているおかげです。私はみんなとの生活がとても楽しく、これからもずっと続けばいいなと思っています」

紛れもなく本心です。みんなにも伝わっているといいですが。

話が長くなってもあれなので、ここでお酒の入った木の杯《さかずき》を掲げます。村のみんなにも行き届いていますよ。

「これからの生活が続くこと。そして、明日のお祭りが楽しいものになることを祈って、乾杯！」

「「「乾杯！」」」

明日からが本番です。飲みすぎないようにしましょう。

そう思っていましたが、前夜祭はなかなかに盛り上がり、ついつい飲みすぎました。

「いてて……飲みすぎましたね」

今日から祭りです。ですが村は二日酔いで亡者のようになっている人で溢《あふ》れてます。私も二日酔いで頭が痛いです。こうなるのはわかっているのに、どうして飲んでしまうんでしょうねー。

仕方がありません、ここは魔法で治しちゃいましょう。このままお祭りを始めても盛り上がりませんからね。

「……えい！」

よし、これでよくなりました。ちゃんと村全体に魔法をかけたので、みんな元気になりましたよ。

これで祭りを楽しめます。

よしよし、いいですね。みんな元気になって盛り上がってきました。せっかくのお祭りですからね、どんどん盛り上げましょう。

あ、来賓のラムさんが来たみたいです。二人の男性を連れてきています。

ラムさんと同じく羊の角の人は息子さんでしょうか？

あ、こっちに気づきましたね。お辞儀をします。ぺこり。

「こんにちは、ラムさん」

「マーガレットさん、このたびはお招きありがとうございます。こちらは私の息子のマトンです」

「マトンだ！　今回は矮小《わいしょう》なる人間のためにわざわざ出向いてやっ——え、父さん？　なんでそんなに怒ってるの……え、やめてやめて痛い!?　うわぁぁぁぁぁぁ」

マトン君はラムさんに連れられ、どっかへ行きました。角《つの》を鷲掴《わしづか》みにして引きずる様子はなかなか恐ろしいですね。

で、こちらに一人残ったこのムキムキの男性は誰でしょう。凄まじい魔力なんですけど。

お互いに目線は合っています。

「こんにちは、マーガレットです。ラムさんのお友達ですか？」

「……」

「え？」

なにかしゃべっているみたいですが、あまりに小さくて聞き取れません。

何回も聞き返してみましたが、やっぱり聞き取れませんね。

文字で書いてもらえばわかるのではと紙を取りに行こうとしたタイミングで、アーさんとフェン、バレンタインがすっ飛んできました。

これまでにないくらい三人が慌てています。

「マーガレット！　その方は魔王だ！」

え、本気で言っています？　アーさん。この人が魔王？

え、人類の敵がなぜ目の前に……

「ここに攻めに来たんですか？」

魔王さんはすごい勢いで首を横に振っています。安心しました。攻めに来たわけではないのですね。

「マーガレット、魔王は人見知りって聞いたことあるぞ」

「そうなんですか？」

すごく頷いています。ありがとうございます、バレンタイン。教えてくれなかったら変な人として扱ってしまうところでした。

「あぁ、魔王様。お待たせしました」

ラムさんが戻ってきました。手にはボロボロのマトン君がいます。

「魔王様、また人見知りですか？　もう、普段は堂々としているのに、知らない人が多い場所に来るとすぐこれなんだから……ほら、挨拶してください」

「ま、魔王だ。よろしく頼む」

「マーガレットです。こちらこそよろしくお願いします。それで、魔王さんはなぜこちらに？」

そんな簡単にこっちの世界に来ていい存在ではないでしょう。多分世界中のどの国の歴史書を見ても魔王の存在は書いてありますよ。もちろん、厄災、人類の敵、この世に存在してはならない、みたいな感じですが。

「視察、という名目ではありますが、実際は遊びに来ただけです。なので、私も魔王様も、立場を考えずに扱ってもらえればと。ああ、息子はこき使ってください」

ラムさんはそう言いますが、そういうわけにもいきません。

「みなさん、お客さんですからちゃんともてなしますよ。案内はアーさん、バレンタインにお願いしてありますから、わからないことがあったら二人に聞いてください」

「わかりました。ありがとうございます」

ラムさんが頭を下げるのに合わせて、魔王さんもぎこちなく頭を下げます。魔王ですからね、頭を下げることとなんてなかなかないでしょう。

あと、マトン君は土下座してますね。別にそこまで頭を下げる必要は……ほら、バレンタインが面白がっていますよ。ヤニムと同じように子供たちのおもちゃにされる未来が見えますね。

「それじゃあ、お祭りを楽しんでください」

思わぬ大物が来ましたが、ずっとかまっているわけにもいきません。そろそろ本番が始まりますしね。

みんながこのお祭りのために作った特設ステージに向かいましょう。

「さぁー！　始まりました爆会祭！　司会はみんなのアイドル、ミレーちゃんが務めます！　さっそくですが出場チームを紹介していきましょう！」

ミレーはルールーが連れてきた人の中にいた、元楽団員です。歌と踊りが得意とのことですが、人前に出るのがかなり好きみたいなので、今回の祭りはミレーが司会を務めます。

ノアの村のみんながミレーに注目しています。みんな、ちゃんと話を聞いて偉いです。最初は私が司会をやらないと、みんなが聞かない可能性があるという意見もありましたが、杞憂《きゆう》でしたね。

「出場チームは全部で六つです！　それでは最初のチームを紹介しましょう！　泣く子も黙る、悪魔公《デーモンロード》アーさん率いる悪魔チーム！」

悪魔たちを中心に歓声が上がります。アーさんはかなり本気なようで、悪魔たちの中でも強い面《メン》子《ツ》を集めたみたいですね。

ふふふ、アーさんといえども、私が作った馬鹿王子像はそう簡単には壊せませんよ？

「ふたつめのチームは……元気いっぱい！　ですがその実力は大人顔負け!?　子供たちチーム！」

ふたつめのチームは子供たちですね。選抜メンバーだと聞きました。バレンタインはまざっていないようですが……別のチームで出るんですかね？

「三つめのチームは、魔槍姫バレンタインと、魔狼フェン、そしてビービートルのカブさんで構成された チーム魔魔虫《ままちゅう》です！」

カブさん!?　まさか参加するとは……しかもフェンも参加していますし、いつ練習したんでしょう？

「四つめは、文官リーダーの二人が率いる、シルフィ、ルールーによる文官チームです！　このチームからはなにやら意気込みが届いているようですね……なになに」

ミレーが懐《ふところ》から取り出した紙に目を通します。

「祭りの準備で溜まりに溜まったストレスを魔法に乗せます。狙いは像の顔面！　だそうです！　気合十分ですね」

文官たちは忙しそうでしたからねー。いくら仕事が好きな人たちとはいえ、大変だったのでしょう。にしても、馬鹿王子像の顔面を狙うなんて、すばらしいですね。ぜひ全チームにやってほしいです。

「五つめに行きましょう！　金髪率いる元ブッチャー団チームです！　えー、こちらはマーガレット様宛に手紙があるようです。見てろマーガレット！　だそうです。おー、かなり調子に乗ってますね」

すごいブーイングが会場に響き渡っています。ミレーも冷たい声になっています。

別にそれくらいのメッセージなら構わないんですけど……みんなそこまで気にしなくても大丈夫ですよ？　金髪は気に食わないですが、もし、しょぼんとしてしまったら可哀想です。

……いや、前言撤回しましょう。部隊の端にいる金髪は、この逆境にとても燃えているみたいです。まぁ頑張ってもらいましょう。

にしても、聞いていたチームは五つだったような？　六チームもいましたっけ？

「ラストチームは……まさかのゲストが緊急参戦です！　チーム魔王です！」

えええ、なにやってるんですかあの人⁉　魔王が気軽に祭りに参加するのもそうですが、私と一対一でしゃべれないような人見知りですよね？　こんな人前に出たら……

「うむ、私は魔王だ！　魔王らしく、一撃で粉砕してみせよう！」

あれ？　普通にしゃべっています。むしろ堂々としていますね。どういうことでしょうか。

あ、ラムさん。なになに、魔王さんは多くの人の前に出ると魔王としてのスイッチが入ると。演説とかしなきゃいけないですもんね、いつも人見知りだと立ち行かないでしょう。

「六チーム揃いましたね！　では、さっそくいきましょう！　悪魔チームの挑戦です！」

さっそくですね。始まる前にみんなお酒やご飯を用意しているので準備万端です。

私も、少しですがお酒を持ってきました。おいしいです。できればフェンをもふもふしたいところですが、爆会に参加していますから邪魔はできません。あとの楽しみにしましょう。

「行くぞ！　悪魔の力を見せてやれ！」

「「ウッス！」」

悪魔チームが用意された場所にスタンバイします。観客がいるところからはそこまで離れていませんが、危険がないように防御の結界を張ってあるので大丈夫です。

悪魔チームは……アーさんの魔法に悪魔たちが追加効果を付与していく作戦のようですね。爆発力の増加や、速度の増加といった内容でしょうか。

これはアーさんの魔法の実力が重要です。私の作った像を崩せますか？

「ゆくぞ……《禍炎獄災《カオスヘルファイア》》！」

魔法の見た目や威力よりも、名前のインパクトが凄まじいです。みんなそっちに意識が持っていかれているのでは？

とはいえ放たれた魔法は像に当たって爆炎を上げています。

「ふふふ、やっただろう！」

アーさんが嬉しそうに声を上げます。観客も、いきなり像が壊れたんじゃないかと、ざわざわしています。

ですが、煙から出てきたのは無傷の馬鹿王子の像でした。

「なん……だと……!?」

アーさんの魔法はかなり強力なものでしたが、まだまだ甘いですね。

本気で作りましたから、ふふふ。

「ぐぬぬ……マーガレット、次は壊してみせるぞ！」

「悪魔チーム、敗退です！　思った以上の丈夫さですが、果たして壊せるチームはいるのでしょうか!?　次は子供たちチームです。準備をお願いします！」

あっさり進んでいますが、爆会とはこういうもののようなので問題ないです。

みんなも楽しんでくれていますしね。

「あの……マーガレットさん。聞きたいことがあるんですが」

「マトン君。どうしました？」

いつのまにかマトン君が近くにいました。

「さっきの魔法、山がひとつ吹き飛ぶレベルの破壊力だったんですけど、どうしてみんな平然としているんですか？　というか、なんであの像は無傷なんですか!?」

おお、すごく捲《まく》し立ててきますね。

なんでと言われると困りますが……魔法の練習をよくやっているからでしょうか？　さっき悪魔たちが放ったほどの魔法は滅多に見ませんが、よく爆発はしていますからねー。

「あの像が無傷なのは、私が本気で作ったからです」

「本気って……本気でやったからといって、あそこまでの硬度を誇るものを作れるんですか？」

「魔法ですもん。作れますよ？」

魔法はイメージですから。基本なんだってできるのです。常識から外れるほど、魔力の消費が増えていきますが。

「細かいことは気にしないものだぞ、マトン。ですよね、マーガレットさん？」

「ラムさんの言うとおりです。楽しみましょう！」

祭りはまだまだ続きますよ！

子供たちのチームは、見事な複合魔法を見せてくれました。魔法式からきちんと勉強して編んだもののようです。

カブさんのチームは、まさかのカブさんメインでフェンとバレンタインがそれを支える形でした。カブトムシの形をした衝撃波が生まれたときはかなり驚きました。

文官たちは……あれはストレス発散に重きを置きすぎですね。好き勝手に高出力魔法を撃っている感じでした。

「さぁ、残るチームもあとふたつになりました！」

そんなこんなで残りは金髪のチームと魔王さんです。

ちなみに、ここまでの魔法で像は無傷です。少し硬くしすぎましたか……？　まぁ、気にしないことにしましょう。フェンをもふもふします。

出番を終えたフェンですが、少し悔しそうにしていたので、いつもより多めにもふもふしてあげましょう。もふもふー。

「金髪の挑戦です！　さぁ、元ブッチャー団はどれほど成長したのでしょうか!?　あの像に傷をつける最初のチームになれるのか!?」

元ブッチャー団、最初にノアに来たときはかなり弱かったですからね。あれからそこそこの時間が経ってどれほど強くなったのか、少し楽しみです。

「いくぞ、お前ら！」

「「「おう！　金髪隊長！」」」

元ブッチャー団の仲間にも金髪って呼ばれているんですね、あの人。

観客もちゃんと見てはいますが、酔いが回った人が多くなってきたせいか、少し注目度が低いです。

「俺らの魔法……見せてやる！」

……ん？　金髪たちの魔法、他のチームと少し毛色が違いますね。他のチームは威力が命といった感じでしたが、金髪たちの魔法は一点集中を狙っているようです。

魔法で金属を作り出し、それを弾丸にするみたいですね。そして金髪以外の人員が推進力を生み出し、金髪は……なるほど、像そのものに魔法をかけて弱体化を狙っています。

ルール違反ではないです。他のチームにはない発想というだけですね。正直、驚いている人が多いと思います。

私も、かなり驚いています。

「いけ！　俺たちの集大成だ！」

「「「うおおおお！」」」

金髪のかけ声とともに、弾丸が像へと発射されました。

次の瞬間、鋭い金属音とともに、人々の間に落胆の声が響きました。弾丸は像の表面で止まってしまっているのです。

ですが……あれは。

「まだ、ですね」

ラムさんはわかっているようです。マトン君はきょとんとしていますが。

人々の落胆の声を待っていた、といわんばかりに金髪は笑みを浮かべます。どうやら、この魔法はこれで終わりではないようです。

「まだだぁ！　いけええええええ！」

推進力を生み出すために使っていた魔法が、もう一段階仕込まれていたみたいですね。

爆発するようにして生み出された推進力で弾丸をもう一度加速し、さらに回転を加えていきます。

その結果、弾丸の先端は見事に像にめり込みました。

こつん、と欠けた像の一部が地面に落ちます。次の瞬間、観客から大きな歓声が上がりました。

「な、なんということでしょぉー！　金髪チームが像に傷を残しました！」

びっくりです！　他のどのチームも思いつかなかった方法で像に傷をつけるとは……やりますね金髪。少し見直しましたよ。

金髪は次こそ壊してみせると意気込んでいます。勝手に次があることになっていますが……この盛り上がりならぜひやりたいですね。

だから、あまり落ち込まないんですよ、みんな。

傷をつけられなかったのは悔しいかもしれませんが、また挑戦すればいいのです。

私も協力しますよ！

SIDE　マトン

僕はマトン。魔界四天王の一柱《いっちゅう》、ラムの息子だ。

魔界の貴族として、四天王の息子として、相応《ふさわ》しい存在となるために幼い頃から勉強してきた。

最近では、父さんから仕事をもらえるようになって嬉しい。ちょっと過労死しそうな量だけど。

父さんはこれ以上の仕事をさばいているってことだよね。身体を三つに増やす魔法とか存在しないかなぁ。

それはさておき。ある日、父さんがビービートルの蜜を使った甘味《かんみ》を持ってきた。

それ、四天王や魔王様ですらあまり食べられないやつだよね？　どこから持ってきたんだ、父さん……ノア？　どこそれ？　そんな場所、魔界にあったっけ？

お前も行ってみればわかると。でも仕事が……あ、父さんが手伝ってくれると。

父さんは、僕よりも遥かに多くの仕事をこなしているはずなんだけど、なんでそんな余裕があるんだろうか。

父さんが手伝ってくれたおかげで、仕事は一瞬で片付き、ついにノアという村に行く日になった。

魔王様も一緒⁉　緊張するなぁ……僕のこと覚えてるんだろうか。何度か顔を合わせてるんだけど……覚えている⁉　ありがとうございます！

しかし、ノアの村って一体どこにあるんでしょうか。魔王様も行ったことがない場所……あ、ゲートを繋ぐんですね。行先は……現界？　え、ノアの村って魔界にあるわけじゃないのか。

ノアの村に着いて、最初にびっくりしたのは悪魔の多さだった。ここ、魔界じゃないよね？　悪魔多すぎるし、この村にいる人、強すぎない？

悪魔公《デーモンロード》や魔槍姫バレンタインもいるし。どんな戦力なんだ……

……うわ、なにこの女の人の魔力。やばすぎない？　魔王様よりも多い気がするんだけど。

マーガレットという名前らしい。よし、それじゃあ気合を入れて挨拶しよう。僕は四天王ラムの息子、マトン。魔界貴族として恥ずかしくないような挨拶を！

張り切って挨拶をしたんだけど――

「痛い痛い痛い、父さん痛い！」

どうやら僕は間違ったみたいだ。お前は私たちを殺す気かと父さんに叱られてしまった。たしかに、マーガレットさんを敵に回すことは、この村をすべて敵に回すということだ。高圧的に出るのはよくなかった。

この村が敵になったらやばい。それに、多分マーガレットさん一人で魔界を滅《ほろ》ぼせる気がする。いや、魔王様なら……うーん、マーガレットさんに人見知りする様子を見ていると、やっぱり無理かな……

にしても、土下座で謝って以来、魔槍姫がやけにこっちを見てくるような。気のせいかな？　あの目、獲物を狙う目にも思えるんだけど、気のせいだよね……気のせいだと信じたい。

祭りが始まると、ここがとてもいい村だということがわかる。出てくる料理のレベルがどれも凄まじいけど。

案内してくれた人曰《いわ》く、悪魔たちの趣味の結果らしい。悪魔の趣味が料理って……いや、たまに大釜とかで惨《むご》たらしい料理をしているやつはいるけど、こんなにおいしいものを作るなんてかなり変わっている。

にしても、色んな種族がいるのに、種族の違いを一切感じないくらい、みんな仲がいいな。あそこなんて人間と悪魔が肩を組んで酔っ払ってる。

魔界名物の爆会が祭りのメインみたいだけど……これは僕の知っている爆会じゃないな。悪魔の放った魔法は威力が凄まじいし、子供たちのチームはとても緻密《ちみつ》な魔法式で構築された見事な魔法だった。

金髪の人間のチームはすばらしい発想であのとんでもない硬度の像に傷をつけた。悔しがっていたけど、すごい結果だと思う。僕が挑戦しても、傷をつけるのは難しいかな。作戦をしっかり考えればいけるかもしれないけど、威力だけじゃ絶対に無理だ。父さんならいけるかな。

そして、最後は魔王様なんだけど……大丈夫かな？　魔王様を信頼してないわけじゃないけど、あの像はとんでもない硬度がある。傷をつけるだけなら金髪の人間がやっちゃったし……魔王様が名誉を保つにはあの像を完膚《かんぷ》なきまでに破壊するしかない。

「父さん、大丈夫かな魔王様」

「……我らが主《あるじ》を信じるとしよう」

父さんも不安らしい。大丈夫かな？

◆◆◆

「さぁー！　最後のチームになりました。満《まん》を持《じ》しての登場です。魔王様ァァァァァァ！」

ミレーの紹介とともに、威厳と迫力満載で魔王さんが登場します。観客の盛り上がりもすごいですね。

金髪が像に傷をつけましたから、魔王さんは一人であの像を破壊しなければ魔王としての威厳が保てないはずです。大丈夫でしょうか？

まぁ、魔王さんすごい魔力ですから、きっと大丈夫でしょう！

「魔王、震えていないか？」

「まさか、魔王ですよ？　フェンの見間違いですよー」

「そうだといいのだが……」

もう、フェンは心配性ですね。魔王ですよ？　魔界最強なんですから、あの像がいくら硬いとしても、壊せるはずです。

もし震えていたとしても、それはきっと武者震いですよ！

「……見ていろ！　これが魔王の魔法だ！　うおおおおおおおおおお！」

おおお、魔王さんの身体がどんどん巨大になっていきます。なんだか獣のような状態ですね。

「あ、あれは魔王様の奥の手『覚醒』では!?　私ですら、あの姿になった魔王様は一度しか見たことがないんですけど!?」

ラムさんが盛り上がっていますね。早口で内容はよくわかりませんでしたが、楽しんでくれているようでなによりです。

『ガルル……ゆくぞ！　《王者の咆哮《キングロア》》！』

獣のような姿になった魔王さんが凄まじい威力の咆哮《ほうこう》を放ちました。音に乗った魔力は魔王さんが作った魔力の壁に反響して、あらゆる方向から像にダメージを与えていきます。

最初は像も耐えていましたが、反響するたびに増幅されていく咆哮《ほうこう》の威力に耐え切れず、ついには粉々に崩れました。

「ま、まさか……！

「な、なんということだァァァァァ！　魔王様がとんでもない一撃を見せてくれたぞぉぉぉ!!」

「「「うおおおおおおおおおお！」」」

観客も大盛り上がりです。私も飛び跳ねて喜んでいます！　ほら、フェンもアーさんももっと盛り上がりましょうよ！

お酒もどんどん飲みましょう！

爆会の盛り上がりはそのまま続き、みんなが酔い潰れて眠るまで、楽しい時間を過ごしました。

夜の帳《とばり》が下り、みんなが寝てしまった村を、私は一人歩きます。

みんなと同じように酔い潰れてもよかったのですが、お祭りのあとの静けさを味わいたくて、一人だけ魔法で酔いを醒《さ》ましてしまいました。

「……このままでは、みんなが風邪をひいてしまうかもしれませんね」

魔法でこのあたりの空気を暖めておきましょうか。よし、これで風邪はひかないはずです。

……みんな、楽しそうな表情のまま、寝入っています。

幸せな、光景ですね。

王国を追放されたときは、こんな幸せな未来があるなんて思いもしませんでした。

運がよかった……いえ、そんなことを言ってはいけませんね。この幸せはみんなの頑張りのおかげです。
これからも、みんなで幸せに、のんびりと暮らしていけることを祈ります。

第五章　勇者襲来

「もふもふですねー。フェン」

爆会祭は大盛り上がりを見せ、二日酔いで大量のゾンビが村に湧いたものの、みんな満足げな顔をしていました。

来賓の魔王さんやラムさんも、とても楽しんでくれたみたいでよかったです。二人ともこっちに家を建ててほしいなんて冗談も言っていましたし。

……本当に冗談だったのか怪しいですけど。さすがに魔王と四天王が移住するとなると、色々な問題が起きそうです。

なにはともあれ、今年の大きなイベントも、残るは年越しだけになりました。

年が明ければ、この地域ならば冬の寒さも弱まっていくはずです。

そういえば、祭りが終わって変わったことがあります。それは一人住人が増えたことです。

「ヤニム！　僕を置いて逃げないでくれ！」

「ならもっと足を動かせ、マトン！　俺は捕まりたくないんだよぉぉぉ！」

そう、新しい住人は、ヤニムと一緒に子供たちから逃げているマトン君です。

マトン君は魔界でとても忙しく働いていたらしく、ラムさんとしては休みを取らせてあげたかったようですね。

毎日のように子供たちに訓練をせがまれているので、果たしてこれは休暇なのか……いや、ヤニムとも仲良くなってますし、なんだかんだで子供たちとも楽しく交流しているようなので大丈夫でしょう。

「……主《あるじ》。我をもふもふするのはいいのだが、一週間ほどしたら一度距離を取ってもらえるか」

なっ⁉　……フェ、フェンに嫌われてしまいました⁉

突然すぎます！　ただ私はこたつでまったりしながらフェンをもふもふしていただけなのに！

「落ち着け、主《あるじ》。そこまで絶望した顔は初めて見たぞ」

「フェンよ、今回はお前の言い方がまずかったのではないか？　落ち着けマーガレット、フェンは嫌いだから距離を取ると言っているのではない」

アーさん、それは本当ですか？　私、今、過去の自分の行動を思い出して必死にフェンに嫌われた理由を探していました。

フェンをもふできないということは、この世の終わりといっても過言ではありませんから、なんとしても避けなければなりません。

「……我は魔狼だからだ」

え？

「フェン、絶対に伝わらんぞ。恥ずかしいのはわかるが、はっきり言わないとマーガレットは納得せん」

はい、ぜひはっきり言ってほしいです！

「魔狼にはな……発情期があるのだ」

……発情期？　発情期っていうと、あの発情期ですよね？

「無論、主《あるじ》を襲う気などないし、そこまで欲求が高まるわけでもない。理性で抑えられる程度だ。今までもそうしてきた」

「なら、どうして今回は私と距離を取るんです？」

「……発情期は魔狼にとって番《つがい》を探す時期でもある。我も、番《つがい》を探してみようかと思ったんだ」

なるほど。お嫁さんを探したいんですね。それなのに私の匂いをつけて探しに出るわけにはいかないと。

理由はわかりましたが……フェンと触れ合えない時期があるのはとても寂しいです。

「わかりました、フェン。お嫁さん探しということなら私も納得します」

「おお、ありがとう主《あるじ》！」

「ただ……ひとつ、お願いがあります」

フェンが首を傾げます。可愛いですね。

そんなフェンに、これだけは言っておきたいんです。

「フェンに新しい家族ができたとしても、私は変わることなくフェンを家族だと思っています。それは忘れないでほしいです」

「……もちろんだとも」

よかったです、もふもふしてあげましょう。もふもふー。

「もちろん、アーさんも大切な家族ですよ。これからも、よろしくお願いします」

「家族か……不思議と心が温まる気がするな。我も、マーガレットやフェンを家族だと思っているぞ」

アーさんが珍しく素直です！　種族や年齢は大きく違いますが、心は家族です。これからも協力して、平和に仲良く暮らしましょう。

来年からも、たくさんすることがありそうですし！


そんな会話をし、フェンが実際にお嫁さん探しに行ったところで、ついに年越しがやってきました。

年越しといえば、おいしい食事にお酒です。ただ、年越しは静かに一年を振り返るものですから、身内を集めて家庭ごとにパーティを開くのが一般的です。

ノアの村も、その慣習にならってそれぞれの家庭でパーティが開かれています。マーガレット城に住んでいる悪魔たちも、小さな仲良しグループに分かれてやっているらしいので、どんちゃん騒ぎではないようです。

しかし、悪魔たちは完全にこっちの世界に馴染《なじ》んでますね。

私の家には、アーさん、ルールー、シルフィがいます。わりと私と同じ時間を過ごすことが多い面子《メンツ》ですね。

フェンのお嫁さん探しはうまくいってますかね……心配ですが、これに関してはあまり手伝えることがありません。バレンタインは、ヤニムとマトン君と一緒に過ごしているようです。マトン君は魔界に帰るのかと思ったのですが、ここを気に入ってくれているのなら嬉しいですね。

「一年、お疲れさまでした。アーさん、ルールー、シルフィ」

「お疲れさまだ、マーガレット」

「お疲れさまです。マーガレット様」

「お疲れさまです」

みんなで持ち寄ったお酒やご飯を囲んで杯《さかずき》を掲げます。

今日は弱めのお酒にしました。とってもおいしいやつですけどね。

「マーガレット様、我らエルフを受け入れてくださり、改めてお礼を」

「我もだ。悪魔がこのように平和に楽しく過ごす日が来るとは思わなかった」

「わたくしたちもです。こうしてまたマーガレット様のおそばで過ごせる日が来るなんて夢にも思わなかったですから」

みんな、真剣にお礼を言ってくれます。買いかぶりですよ。私はただみんなで楽しく平和に過ごしたいだけなんですから。

「お礼を言いたいのはこちらの方です。一人で追い出された私が、こうしてみんなと楽しく過ごせるとは思いませんでした。振り返ってみるとあっという間でしたが、来年もたくさん楽しいことをしましょう」

爆会祭は来年もやりますし、子供も増えるでしょう。もしかしたらまた移住者も増えるかもしれません。

普通に過ごしているだけで色々なことが起きますからね。

落ち着きがないといえばそうかもしれませんが、私はそんな生活が少し楽しみです。

そんなしんみりとした話は最初だけで、そのあとは今年なにが楽しかったのかとか、思わぬ一面を見られた人がいたとか、思い出を語る会になっていました。

「――みんな潰れてしまいました」

弱いお酒だからといって勢いよく飲みすぎですよ。私が珍しくゆっくり飲んでいたというのに。

起こすのもあれですし、少し外に出ましょうか。

うぅ、寒いですね。夏が待ち遠しい気もしますが、いざ暑くなれば冬が恋しくなるのだから不思議なものです。

どこの家も、静かですね。お酒を飲みすぎて潰れているんじゃないですか？

「ふぅ……息が白いですね。フェンは元気でしょうか」

こっちの世界はこんなに寒いですが、フェンのいる魔界はどうなんでしょうか？　マトン君は雪に驚いていなかったので、こちらと同じような季節があるのかもしれません。

フェンが、一人で寂しい思いをしていないことを祈ります。寂しくなったらいつでも帰ってきてほしいものです。

「そういえば、最近王国の様子を見ていませんね」

久しぶりに見てみましょうか。王都の上空にゲートを開きます。ん？　なんか開きづらいですね……無理矢理いきますか。えい。

「開きました、あれ？　なんか城の広場に兵士が集まっていますね」

兵士たちの前には二人の男性と、何人かの女性がいます。なにかをしゃべっていますね。音をもっと拾えるようにしましょう。

「我々は！　魔界からのゲートを完全に阻む結界を張った！　これにより王国は安全となった。今こそ、元凶を叩くぞ！」

ゲート対策をしましたか。二人の男性のうち、背が高く、顔の整った男性がずっとしゃべっていますね。

……国宝になってもおかしくないレベルの装備に、たくさんの女性を連れた姿。そして特徴的な黒髪。

あれ、ひょっとして勇者じゃないですか？

もう一人は……小太りの男性ですね。勇者と同じような黒髪ですが、装備品は一般的なものですね。なにやらつまらなそうにしています。あれ？　あの小太りの人、こっち見てません？　まさか認識阻害《そがい》をかけたこのゲートが見えているんですか？

試しに手を振ってみましょう。

目を逸《そ》らしましたね。あれは気づいている反応ですね。

……ゲート越しにこっちに気づくって、かなり難しいですよ？　わざと見せているならまだわかりますが、私は今回、誰にも気づかれないように魔法をかけていたんです。それでも気づくということは……かなりの魔法の腕ですね。

「元凶は、トアル湖にいる！　行くぞぉぉぉぉぉ」

「「勇者様に勝利を！」」

え、ここに来るんですか!?

まずいです。かなりの数の兵士がいましたし。

新年明けましておめでとうございます。と言いたいところですが、悠長に挨拶をしている場合ではありません。勇者が攻めてきてしまいます！


「みんな、集まりましたか？」

朝一で村の全員を集めました。ある程度の話が伝わっているのか、いつになく真剣な眼差しで、みんなが私に注目していますね。ありがとうございます。

「単刀直入に言います。勇者が私を討伐しに来るそうです」

下手に経緯を話しても事の重大さが伝わらないかもしれないので結論から言いました。

私の言葉でみんなが静まり返ります。

そして、『ぴきっ』という音がはっきり聞こえるレベルで空間が歪みました。これは、みんなの凄まじい殺意と怒気が魔力に影響して、空間が軋《きし》んだみたいですね。

「勇者を殺《や》ればいいのだな？　任せよマーガレット」

「アーさんの言うとおりだな。私が串刺しにする！」

とっても殺気立っていますね、みんな。私が狙われているという部分に怒ってくれているみたいなので、とても嬉しいのですが……少し落ち着いてほしいです。立ち上る魔力がすごすぎて、あまり強くない人たちが苦しそうにしています。

「怒ってくれているのはとても嬉しいですが、少し落ち着いてください」

あ、すごい勢いで静かになってくれました。みんな、いい子です。

「勇者は、王国軍と騎士団のほぼすべてを動員してこちらに向かってくるようです。かなりの戦力なので、この村も備えをしなきゃいけません」

「戦争の準備ですね？」

違います。ルールー。みんなも頷かないでください。

「戦争の準備ではないです。村は防衛に集中してください。あと、いざというときの避難方法も」

「では、防衛に徹するということですか？」

「いえ、そういうわけではありません。勇者と軍、騎士団は私が追い返します」

「……本気ですか？　マーガレット様」

そう怖い顔をしないでください。私にも考えがあるんですよ。

みんなに危険な目にあってほしくありません。今回は、とびきり強い勇者がいますから。万が一を考えると、私が行くのが一番いいと思うのです。

「それはダメだ！　なにかあったらどうするマーガレット！」

「そうです。マーガレット様がいなくなればこの村は立ち行かなくなります」

すごい勢いで止めてきますね。心配してくれてありがとうございます。でも、私はこの村の代表として、ここを守る役目があるんです。

「アーさんは悪魔の代表、ルールーやシルフィは文官として働いているように、この村では一人一人が役割を持っています。そして、私の役目はこの村を守ることです。大丈夫ですよ、私、強いですから」

たぶん、勇者にも勝てると思います。軍や騎士は私からすれば、吹けば飛ぶような存在なので気にしなくても大丈夫です。

とはいっても、みんな心配そうな様子は変わりませんね。

「大丈夫です。もし負けそうになったらこの村に帰ってきます。そのときは私を守ってください。ただ、それまでは私にこの村を守らせてほしいんです」

これは譲れません。ここを守ります。ここは私にとってとても大切な場所ですから。

みんな、納得はしていませんが、私の意思が変わらないこともわかっているので危なくなったら即帰ってくるという約束で認めてくれました。

あと、村の護りを全身全霊で強化します。勇者が来るまで二週間ほどありますから、できることはあるはずです。

「マーガレット様、村の防衛はどのように？」

「私は軍事的なことはわからないので、基本的には有識者に任せます。それに沿って防衛施設を作るので、設計図はできるだけ早めにお願いしま――」

「もうできています」

え？　なんでもうできてるんです？　準備をお願いしようとしたのに、もう完成したものが出てきました。

ふむふむ、いざというときのために考えていたと。優秀すぎません？　今回はとても助かるので、即使わせてもらいます。作ってくれた人にはあとでお礼を言いましょう。

「みんな、離れてくださいねー。魔法で一気に作りますから、巻き込まれますよ」

設計図はかなり緻密《ちみつ》なので、魔法でうまく作れるかは微妙です。ただ大枠《おおわく》を作ってしまえば、あとは悪魔さんたちが細かいところを調整してくれると思うので思い切ってやってしまいましょう。

「そりゃ！」

設計図どおりに形を作っていきます。

まずは村を囲むようにして城壁を設置します。

その外側には軽く堀を作って水を流し、そう簡単に城壁に貼り付けないようにして……最後に、いざというときの地下避難所や、城と各場所を繋ぐ道の整備、武器や防具、食料の管理のための倉庫なども建てていきましょう。

かなりしんどい作業ですが、前に大規模な建築を魔法でおこなった経験のおかげで、なんとか終わらせることができました。

「規格外すぎません？」

「ルールー、顎《あご》が外れそうになっていますよ。アーさん、細かいところは悪魔さんたちにお願いします」

「……了解した」

みんなに若干引かれてるような？　気のせいでしょう。それよりも、まだまだ護りを強化します。私の平和でほのぼのした空間を守るために妥協はしません！

「次は、ゴーレムを作ります！」

前、ラムさんがお酒の席で色んな魔法について語っていたので、そのときに聞いた魔法を使いましょう。

「素材は……どうしましょう？」

たしか、素材の強さがそのままゴーレムの強さになると言っていた気がします。

みんなに聞いてみると、悪魔さんたちは魔核《まかく》と呼ばれるものを大量に提供してくれました。

あ、悪魔の心臓部である『核』とは別物なんですね。

ふむふむ、一年をかけて悪魔が生成する純粋な魔力の塊《かたまり》なんですか。いいんですか？　貴重な品では……あ、そうでもないと。

あと、カブさんが脱皮のときに剥《は》がれた甲殻《こうかく》をくれました。

「マーガレットさん！　これも使ってください！」

「これは？」

「僕と父さんと魔王様の魔核《まかく》です！」

とんでもないものを持ってきましたね、マトン君。あなたたちほど高位の魔族が作る魔核《まかく》って、すごい素材じゃないですか？　実際、鍛冶師さんと魔法具師さんが口をあんぐり開けています。

「いいんですか？　使って」

「僕もこの村を守る手伝いがしたいんです！」

マトン君……ありがとうございます。ありがたく使わせてもらいましょう。

大量の魔核《まかく》を、カブさんの甲殻《こうかく》で囲むようなイメージで作ります！

いでよ、ゴーレム！

おおおお、すごい勢いで素材が消費されていきます。あと、魔力の消費も凄まじいです。

しばらくその状態で待機していると、ようやくシルエットが浮かんできました。

あれ？　私のイメージでは大きくて見るからに強そうなゴーレムができるはずだったんですけど、思ったよりもかなり小さいです。

そして、現れたのは人型のゴーレムでした。やはり、小さいです。私より小さくないですか？

見た目は十歳くらいの人間の男の子ですね。……少し、私に似ているような？　私が作ったからですかね。

近づくと、なんの命令も与えていないにもかかわらず、なぜかゴーレムは私をまっすぐに見つめてきます。そして、衝撃的な一言。

「……は、はじめまして。お母さん」

お、お母さん!?

い、今とんでもないことを言いませんでした？　このゴーレム。

お、お母さん……

凄まじい破壊力のある言葉です。この年で子供にそう呼ばれるのは、心に深い傷が入りますね……

というか、なんでゴーレムを作ったのに、感情と意志を持ってしゃべってるんです？　しかも、魔力もかなり持っているはずなのに、完璧にコントロールしています。

「これ……生き人形ですね」

「生き人形？」

それ、なんですかマトン君。アーさんやバレンタインも知っているのか、驚いた顔をしています。

「生き人形というのは、魔界でも遥か古くに廃《すた》れたとされている技術です。通常のゴーレムとは違い、自らの意思を持ち、行動するといわれています。ゴーレムと作り主の間に存在する主従契約のようなものもありませんので、そもそもゴーレムではなく、普通に生き人形という種族であるという考え方もあります。ちなみに、どういった作り方をすればいいのか、今となっては誰も知りません」

「けど、作れちゃいましたよ？」

「普通に考えたらこれは夢なんじゃないかと疑ってやまないところですが……マーガレットさんなら納得できます」

なんでみんな頷いているんですか。

「魔界でも現存する生き人形はいますが、どれも凄まじい戦闘能力を持っているといわれています」

凄まじい戦闘能力……この子がですか？　なんか、改めて外見を確認してみると、少し怪しい雰囲気なような？

前髪で片方の目が隠れていますし、なんか口元がニヤついていています。ローブのような服で帽子も被っていますし……

みんなも同じ感想なのか、ちょっと怪しいものを見る視線を生き人形に向けています。

けれど、私のことをお母さんと呼んだ子供に向かって疑いの目を向けるわけにはいきません。親になる覚悟はありませんが、面倒を見る責任はあります。

「……私はマーガレットです。あなたを作ったのは私なので、親といえば親になるんでしょうか」

「マーガレット」

私の名前を確かめるように繰り返します。……可愛いですね。

「僕は……僕は？」

「名前はありますか？」

混乱しているのかと思いましたが、そういうわけではなさそうです。私が名乗ったのに、自分に名乗る名前がないことを疑問に思っているのかもしれません。

首を横に振っているということは、名前はないみたいです。

私が名付けるのがよさそうですね。

「うーん、じゃあ、あなたの名前はアダムです」

「アダム……わかった！　僕の名前はアダムだね。それでお母さん、僕は村のどこを守ればいい？」

「待ってください、呑み込み早すぎません？」

さっきまでと打って変わって反応がいいですね。

しかも、生まれたばかりなのに状況を把握しています。

「よくわからないけど、記憶にあったよ！」

「記憶に……」

素材として悪魔たちやマトン君親子、魔王様の魔核《まかく》を使ったからでしょうか？

なんにせよ、状況を詳しく説明する必要がないのはありがたいです。

ただ……強いとはいえ、この見た目で戦いを任せるのは不安ですね。

「なんだ……その、アダム」

「なに？　アーさん」

「我の名前もわかるのだな。アダムは戦えるのか？　見た目から考えると、戦いを任せるのは不安なんだが」

うんうん。アーさんの言うとおりです。

「バレンタインお姉ちゃんも子供だよ？」

「お姉ちゃん!?」

バレンタインが狼狽《うろた》えています。それはお姉ちゃんと呼ばれたからでしょうか、それとも子供扱いされたからでしょうか。

「……多分ですが、アダムはバレンタインよりも強いかもしれません。魔力統制の緻密《ちみつ》さがとんでもないです」

「そうだよ、お母さんの言うとおり。僕強い！」

むきっと力こぶを作ろうとしています。どうしましょう。だんだん我が子のように見えてきました。可愛いです。

「アダム、ちょっと来てもらえますか？」

「なぁに？」

アダムを呼ぶと、とことこと近寄ってきます。

ぎゅっと抱きしめます。

子供独特の匂いがします。あと、私が作ったからか、とても魔力の質が近いです。顔も似ていますしね。

「……お母さん？」

「……はい。なんですか、アダム」

「「「認めた!?」」」

みんなが驚いていますが、なんかお母さん呼びを嫌がる理由もそこまでないなと思ったので、認めてしまいましょう。

「まだ、勇者が来るまでは時間があるので、その間にアダムの実力を確かめましょう。みんな、また防衛強化に戻りますよ」

ただ、働いてばかりだと疲れてしまうので、楽しみも用意しなきゃいけません。

「仕事が終わったら、みんなでパーティをしましょう。アダムの歓迎会もかねて」

「そうですね。わたくしもそれがいいと思います。それでなんですがマーガレット様、わたくしにもアダム君を抱っこさせてはもらえませんか？」

「……」

「マーガレット様？」

なんか、お母さんってことを認めたら、可愛さが溢《あふ》れて止まりません。どうしましょう、抱っこしている状態から離れたくありません。

まさかこの年で子持ちになるとは……人生、なにがあるかわかりませんね。

◇◇◇

アダムが生まれてから三日ほど経ち、村の護りはかなり強化されました。村を囲むようにして作られた防壁は複雑に入り組んでいて、初見ではほぼ間違いなく迷いますし、こちらから一方的に攻撃ができるようにした部分も多いです。

アダムの実力も、凄まじいものでした。生き人形であるアダムは自分の身体を動かすのと同じ感覚で魔力を扱えるようで、魔法の規模も精度も並ではありませんでした。

そして、極めつけはゴーレムを生成できることです。

ゴーレムは当初の予定どおり、大きくて威圧感のある見た目をしています。

アダムの作り出すゴーレムは、アダムの指揮下にあるようで、普通のゴーレムでは理解ができない複雑な命令もこなすことができますし、戦闘能力もかなり高いです。魔力さえあれば土や木からでも作れるので、いざ戦いになったらアダム一人でゴーレム軍隊を操れます。

強いです。アダム。

アダムは村の子供たちの一人として、必要以上に特別視されることなく扱われています。子供たちとも仲良くなっていますし、よかったです。

バレンタインは子供扱いされたのを気にしているのか、アダムといるときは大人っぽく振る舞っています。この前は魔法で姿まで変えてましたからね。私よりも遥かに女性らしい身体つきになっていました。

あと、嬉しいことがありました。フェンが帰ってきたんです！　しかも真っ白な魔狼をつれて！　お嫁さんだそうです。名前はシラユキというそうで、魔狼から進化した白魔狼という種族らしいです。

そして私は今、フェンとシラユキのもふもふに挟まれながら、お昼寝をするアダムを抱きかかえています。

この世の幸せを詰め込んだような状況にいるんです。

「天国です……とろけますね」

「……主《あるじ》よ。勇者は大丈夫なのか？」

「ちゃんとゲートで定期的に確認していますよ。まだここに来るまではかかりますし、私が出向くタイミングも決めてあるので大丈夫です」

「そうか、ならばいい」

そう言ったあと、フェンはお昼寝タイムに入ったようです。シラユキは……しゃべりませんね。フェン曰《いわ》く言葉もわかるししゃべれるそうなんですが、魔狼としての誇りを持っているらしく人の言葉を使いたがらないとか。

とはいえ、今は暖かい部屋の中でうとうとしています。魔狼としての誇りはいいんでしょうか。

そんなシラユキのお腹の中には、フェンとの赤ちゃんがいるそうです。楽しみですね。

フェンもお父さんになるんです。私もお母さんになりましたが……互いに親として頑張りましょう。

私には勇者たちを追い返すという大きな仕事がありますが、今はもふもふとアダムの温かさを堪能しましょう。

もふもふー。

そんなもふもふで幸せな生活を送りつつも、迫りくる脅威に対しての対策はきちんとしています。

そして、ついに勇者たちのもとに行くときが来ました。村からはまだかなりの距離がありますが、今、勇者たちがいるのは見晴らしのいい平地で、近くに集落もありません。

私にとっては都合のいい場所なので、いざ出陣です。

「みんな、いってきます」

みんな口々に心配と応援の言葉をかけてくれます。ありがとうございます、頑張りますよ。

「アダム、いい子にしてるんですよ。アーさん、フェン、みんなを頼みますね」

「『任せろ』」

やっぱりアーさんとフェンは頼りになりますね。ルールーやシルフィ、バレンタインも村を頼みます。

「それじゃあ、いってきます」

ゲートを抜けて、勇者たちの戦列の正面に降り立ちます。

……久しぶりにみんなと離れた気がします。

寂しさもありますが、目の前にいる軍隊を見たら、気合を入れ直さないといけませんね。

敵は、突然現れた私にかなり混乱しているようです。

ですが、勇者の一言でみんな冷静さを取り戻しました。……若そうな見た目ですし、統率力はそこまでないのかなと思っていましたが、ちゃんとリーダーとして行動しているみたいです。

「何者だ、お前……！　いや、まさか堕落《だらく》の聖女か⁉」

「堕落《だらく》……まぁ怠惰《たいだ》な生活は送っていますね」

「なにを言っている？」

どうやら生活面の話ではなかったようです。にしても、勇者はかなり若いですね。女の子を複数連れていますが、ハーレムというやつですか？

唯一の男性の仲間は、ゲート越しに私に気づいていた小太りの人ですね。相変わらず、やる気のない表情です。

「堕落《だらく》の聖女！　王国に混乱をもたらした罪は重いぞ！　今ここで殺す！」

混乱をもたらしたのは間違いないですね。弁解はしませんよ。

まあ、黙って殺される気もありませんが。

「私を殺したあとはどうするのです？」

「決まっているだろう、お前が作った邪悪な村を焼き滅《ほろ》ぼすんだ！」

その勇者の啖呵《たんか》とともに、濃厚な殺意をまとった魔力が一気に戦場を包みます。軍隊も武器を構えて私に向けてきました。

私だけを狙うなら、軽く脅《おど》かすだけのつもりでしたが、村を狙うとなれば話は別です。

二度と、村には近づかないよう身体に覚え込ませます。マーガレット、本気モードです。

「いくぞ！　《英雄の歌》！」

「動きを止めるわ！　《縛鎖《ばくさ》の結界》！」

「勇者様に勝利を！　《水牢の呪い》！」

「勇者に近づくな……おばさん！　《土精霊の子守唄》！」

誰ですか、今私のことをおばさんって言ったのは。許しませんよ。

勇者の仲間が私に拘束魔法をかけてきます。勇者が使った魔法は味方の超強化ですね。

たしかに、なかなかの魔法です。私でも同じ魔力量でこれほどの精度と効果を出せるかどうか……、まぁ、同じ魔力量ならですけどね。

「関係ありませんね」

私の身体に巻き付いた鎖と水を、魔力を放出することで弾き飛ばします。

「んな！　魔力だけで拘束魔法を弾き飛ばしただとぉ!?」

魔力量に多大な差がありますから。にしても相手の数が多いですね。少し怖がらせましょうか。

「どーん！」

「「「うぎゃぁぁぁぁあああああ!?」」」

魔力の塊《かたまり》を思い切り地面に叩きつけます。軽く地震を起こそうとしましたが、思ったより大きな揺れになりました。

地面も割れてしまいましたし。

勇者たちはそこまで怖がっていませんが、軍の人たちはかなり動揺していますね。よし、これでちまちまと遠距離から攻撃してきていた弓兵を気にしなくて済みそうです。

「……バケモノめ！　なんの手品かは知らないが、正々堂々勝負しろ！」

手品じゃないですよ。ただの魔法です。

「普通の魔法じゃないですか」

「ふざけるな！　そんなのが魔法なわけないだろうが！」

勇者がすごい勢いで突っ込んできます。魔力で防壁を……うわ、一撃で破られました。なんかすごく強化されていませんか？

私の防壁、この前の爆会で作った王子の像よりも硬いんですけどね……

いや、違いますね。私が弱くされています。いつの間にか魔法をかけられていたみたいです。誰でしょう？　あぁ、あの小太りの人ですか。

いい魔法です。他の人よりもずっと私との戦いに貢献していますよ。かけられたことにも気づきませんでしたし、魔力量に差があると効果が出づらいとされる弱体化の魔法を的確にかけてくるその技量、この集団の中でも一番の使い手ですね。優秀です。

このまま力押しするのは厳しいかもしれないですね。助っ人を呼びましょうか。

勇者の攻撃をしのぎながら、ゲートを開きます。繋げた先は魔界です。

私の予想だと、間違いなく出てきてくれますから。

「真面目に戦えよ！」

私が他の魔法に集中していることに怒った勇者が、近距離から魔法を放ちます。タイミング的に、防御しても怪我は負うでしょう。ただ……予想どおりです。

勇者の放った攻撃から私を守るように、ゲートから一匹の巨大な龍が出てきます。久しぶりですね、三仙龍のフォーレイさん。

『グハハハハ！　また出てきてやったぞ、人間！　今度こそ食い殺してくれるわ！　ってうお!?』

フォーレイが勇者の放った魔法をかき消してくれました。

「召喚獣か!?　死ねぇ！」

『なんだ、この人間は⁉』

よしよし。いい感じに誤解されていますね。このまま勇者はフォーレイさんに任せて、私は勇者の仲間の相手をしましょう。軍？　あの人たちはさっきの地震で戦意喪失したままなので放っておいても大丈夫でしょう。

「召喚獣如《ごと》きでこの勇者である俺を止められると思うなよ！　うぉぉぉぉ！　《英雄の剣》！」

『お、俺が召喚獣だと⁉　ふざけるなよ、人間！　……ちょ、待て！　お前勇者か⁉　痛っ、止まれ！』

「止まれと言われて止まるかよ！」

『ぬぐおっ！　貴様ぁぁぁ！　人間の分際で調子に乗りおって！』

「かかってこい、駄龍《だりゅう》が！」

よしよし、フォーレイと勇者はいい感じに戦っていますね。若干フォーレイが押され気味な気もしますが、すぐに持ち直すでしょう。

「あんな龍まで……どこまで邪悪に堕ちれば気が済むのよ、あんた！」

「別に邪悪に堕ちたわけじゃありませんよ」

勇者の仲間がすごい数の魔法を同時発動させて、私目がけて飛ばしてきます。あれくらいなら弱体化してても防ぐことができます。

いや、大丈夫どころか……思った以上に仲間の女性陣は強くないようです。放ってきた魔法を、バレンタインのときのように乗っ取ります。

そのままお返ししても守られてしまうでしょうから、少しだけ威力をあげて返します。

「どうぞ、お返ししますよ」

「へ？　うわぁ!?　なにすんのよ！」

悲鳴を上げてはいますが、頑張って対応していますね。

うまく連携して防がれてしまいました。うーん、倒すのは簡単ですが……厄介なのは小太りの人です。攻めに出たタイミングでさらに弱体化の魔法をかけられた場合、負けてしまう可能性もあります。

ただ、観察していて気づいたんですけど……あの人、私に敵意を持っているわけじゃなさそうなんですよねー。戦いには一番貢献していますが。

そんなことを考えているうちに、勇者の仲間たちは再び態勢を整えてしまいました。

「……あんたが王国に厄災をもたらしているんでしょう!?」

「厄災というほどのことはしていませんよ？　現に、国民に被害はないでしょう？」

「王や騎士団はとっても困ってたわよ！」

それこそ、本来の望みなんですが。私のことをまったく信じず、挙句《あげく》の果てには婚約破棄して追放ですよ？　多少嫌がらせしてもいいでしょう。

勇者の仲間は止まる気がなさそうですね。勇者とフォーレイは……うわぁ、地形が変わり果てています。すごい戦いですね。

『グハハハハ！　世界の異物として生まれたくせに、その程度なのか？　勇者ぁ！』

「くっ、悪《あ》しき龍め！　滅《ほろ》びろ！」

フォーレイ、頑張っていますね。そのまま勇者を抑えていてもらえると助かるんですが。

なんにせよ、こっちの方を早めになんとかしなければなりません。

「ふん。無駄よ！　あなたはこっちの魔法で弱体化している。しかもその効果はどんどん重くなっていくのよ」

たしかに、最初よりも弱体化していますね。小太りの人の魔法のせいです。だけど……私の魔力を抑える魔法、しかもその効果を重くするほどの強烈な魔法を使うのはとても大変なはずです。

技量だけでなんとかなる範疇《はんちゅう》を超えています。

実際、小太りの人はかなりつらそうにしていますから。

「魔法を解いた方がいいですよ？　あまり無理をすると身体がもちません」

「そんな嘘、信じるわけないでしょ！　やれるわよね？　たとえ命を削ったとしてもやり続けなさい」

勇者の仲間の一人が、強い言葉で小太りの人に命令します。

小太りの人に向ける視線は、とても仲間に向けるものではありませんね。わけありな感じですか。

「さっさと堕落《だらく》の聖女を仕留めるわよ！　相当弱ってるんだから」

「弱っている……果たしてそうですかね」

私の言葉に、勇者の仲間たちは首を傾げます。

「たしかに、弱体化され、今私は魔法がうまく使えません。ですが、身体強化は使えます」

身体強化は体外に魔力を出すわけではありませんから、魔法とは少し違います。

今、小太りの人によって弱体化されているのは、魔力を体外に放出するときの能力ですから、身体の中に魔力をめぐらせることで効果を発揮する身体強化は普通に使えます。

「身体強化？　あんたみたいのが使ったところでなにができるのよ！　黙って死になさい。《豪炎の息吹》！」

私の見た目からして、近接戦闘はできないと思われたようです。

大きな炎の塊《かたまり》が飛んできます。全然信じてもらえませんが……近接戦もちゃんとできるんですよ？

だって、私の魔力すべてを使って身体強化をするんですから。

たとえこれが街を焼き尽くすほどの炎だろうと、軽く手を払うだけでこのとおり。

「……え？　かき消したの？　嘘でしょう？」

嘘じゃないですよ。ろうそくの火を消すときに、手でパタパタと風を送りますよね？　同じことです。

「覚悟してくださいね？　加減が難しいんですよ……ほら」

軽く地面を踏みしめます。凄まじい衝撃とともに地面が割れました。

地割れは勇者の仲間たちに届く寸前で止まりましたね。

「嘘……でしょ？　化け物じゃない……こんなの」

「わかりましたか？　大人しく負けを認めて帰ってくれると助かるんですが」

「そんなわけにはいかないな」

『そうだな』

……なんか、勇者とフォーレイの声が重なって聞こえた気がするんですが。

うわ、戦闘をやめて私に敵意を向けているじゃないですか。

『気づいたのだ。俺はお前を倒したくてここに来たということにな！』

「一生気づかなくてよかったんですけどね」

ここにきてフォーレイが敵に回りましたか。面倒ですね。

仕方なく、フォーレイを先に戦闘不能にしようとしたところで勇者の怒声が聞こえてきます。

「お前！　なにやってんだよ」

怒られているのは小太りの人ですね。勇者に殴られたようで頬を押さえてうずくまっています。

「おい、なんでお前は魔法を使わない！　お前の役割を全うしろ！」

「む、無理だ。これ以上使ったら死ぬんだよ！」

小太りの人の言うとおりです。それ以上無理に魔法を使うと死にますよ。

「死んでも使え！　それがお前の役目だろうが！　お前みたいな存在を勇者である僕のパーティに入れてるんだから、それくらいやってみせろ！」

……随分な物言いですね。事情はわかりませんが、勇者のやることとは思えません。小太りの人はもう一度勇者に殴られてしまいます。

そのとき、小太りの人の首に、まがまがしい形をした首輪が見えました。

……あんなものを使うとは。追い返して村を守るのが目的でしたが、追加です。あの小太りの人を助けましょう。

あれは使ってはいけないものです。

素早く勇者と小太りの人の間に移動して、勇者の振り上げた拳を受け止めます。そしてそのまま勇者を殴り飛ばしました。

「なっ、どこから現れ――へぶっ!?」

私の一撃で、勇者は遥か彼方《かなた》へ吹き飛んでいきました。骨が折れたり、大怪我を負ったりするかもしれませんが、死にはしないでしょう。こんなものを使う外道でも、勇者は勇者ですから。

「そのまま星になればいいんですよ。こんなものを使って」

小太りの人につけられた首輪は、通称、奴隷の首輪です。

大昔に滅《ほろ》んだ国が作っていたものだそうで、これをつけられると、強制的に主従関係を結ばされて、相手の言うことを聞かなくてはならないのです。

禁忌とされているやつですね。犯罪者相手でもそうそう使わないですよ、こんなもの。

『ゆ、勇者!?』

殴り飛ばされた勇者を見て、フォーレイが驚きの声を上げます。

驚いているところ悪いんですが、次はあなたですよ、フォーレイ。

「ついでにあなたも帰ってください、フォーレイ」

『グフォ!?』

フォーレイの背後にゲートを作り、殴り飛ばして魔界に押し返します。

フォーレイが向こうに行ったのを確認してから、ゲートを閉じました。

「はい。あとはあなたたちですが……星になるか、負けを認めるかです」

勇者は星にしました。生きてはいるでしょうけどね。

「負けを認める!? そんなことできるわけ――」

「じゃあ星になってください」

「え、ちょ、やめ、きゃぁあぁぁぁぁ!?」

全員投げ飛ばしました。遥か彼方《かなた》に行ってしまいますが、勇者と同じ方向なので大丈夫でしょう。

「……すごいな。ホントに人なのか?」

「人ですよ。じっとしててくださいね、今外しますから」

奴隷の首輪なんてつけていても、なにひとついいことはありません。理不尽に虐《しいた》げられる姿も可哀想ですし、勇者という存在がこんなものを使っていることにも腹が立ちます。

「無理だ。これは外せないものだと聞いた。古い神の力を借りて作ったのも――」

「はい、外れました」

「嘘でしょ!?」

ちょっと手こずりましたが、これくらい外せますよ。

「さぁ。これで自由です」

「……」

呆然としていますね。できれば連れ帰って休ませたいところですが、まずは残った兵士をなんとかしましょう。

魔法で声を大きくしてっと。

「聞こえますか？　勇者は負けました。これ以上は戦っても無駄なのはわかっていると思うので、諦めてくださいね」

戦意喪失していますが、念のためにもう少し脅《おど》かしましょうか。

とりあえず小太りの人を避難させて。

「あなたは先に村に行っていてください。アーさんという悪魔がいるはずです」

アーさんには魔法で話を伝えておきます。ゲートを繋いで、小太りの人をノアの村に送りました。

さぁ、残された兵士の心を折りましょうか！

思いっきり……地面を殴ります！　とりゃ！

「……街ひとつ分くらいの穴ができましたね。兵士は……あぁ、これは心が折れましたね。これで大丈夫でしょう」

これでもうノアには来ないでしょう。それじゃあ、帰るとしましょう。とても疲れました。早くアダムを抱きしめてフェンをもふりましょう。

みんなが待っていますから。

第六章　古い命と新しい命

「……いい天気ですねー」

勇者との戦いという大仕事を終えた私は、凄まじく怠惰《たいだ》な生活を送っています。

連れて帰ってきた小太りの人は、ナオキという名前でした。珍しい名前です。しかも、昔の記憶がないとかで、気づいたら勇者の仲間として扱われていたようです。奴隷の首輪をつけられていたので逃げることも叶わず、めちゃくちゃな扱いを受けていたとか。

名前は覚えているので、昔の記憶がないというのが本当なのか微妙なところですが、深く尋ねるのもあれなのでそういうことにしておきます。

ナオキはアダムとよく遊んでくれますし、いい人です。頼れる身内もないようですから、このまま村に住むのも歓迎なんですけどね。

ああ、ちゃんと村に作った防壁は片付けましたよ。また必要になったら作りましょう。

勇者があの首輪を使っていたことが気になりますが……

なにはともあれ、村を守ることができてとてもよかったです。

……トテトテと、子供の足音が聞こえてきます。アダムですね。

「おかえりなさい、アダム。ナオキも一緒ですか」

「……どうも、マーガレットさん」

「お母さん！　大変だよ！　シラユキの子供が生まれるって！」

えぇ⁉　それは大変です。すぐに向かいましょう。アダムが走ってきた理由はこれだったんですね。

「フェン！　シラユキは大丈夫ですか？」

「主《あるじ》、来てくれたのか。容態は安定している」

「そうですか……なにかあったら全力で助けます」

魔力には自信がありますから。助けますよ！

「主《あるじ》が助けると最初から神狼が生まれそうなのだが」

「助けなくても可能性はあるぞ、フェン。現にここで生まれる悪魔の子供は、最初から上級悪魔の強さを持っている。この前なんて超級悪魔の強さを持った子供が生まれた」

「悪魔ってそういう風に生まれるものではなかった気がするのだが」

「……ここにはマーガレットの魔力が溢《あふ》れてるからな。悪魔が影響を受けてもおかしくはない」

「いや、聖女の魔力は間違いなく悪魔に悪影響だろう。相変わらずわけがわからないな、主《あるじ》は」

それって私のせいなんでしょうか？　けど、たしかに悪魔たちはどんどん強くなっていきますね。すごい数で子供も増えているみたいですし。でも、弱い状態で生まれるよりもいいんじゃないですか。

「む、シラユキ！」

フェンが険しい表情で声を上げます。

シラユキのいる家の雰囲気が変わりました。これは生まれますね！

みんなで駆け寄ろうとしたその瞬間、家の中に魔力の気配が生まれました。

『『キャン！』』

可愛い鳴き声とともに、家が吹き飛びました。

……え？　家が吹き飛びました？

目の前に広がる光景がよくわからないのですが……

「なにが起こったのだ……シラユキ！　無事か！」

「……無事ですよ。あなた」

え、シラユキの声、初めて聞きました。すごい大人の女性という感じの声です。それよりも、子供たちは⁉

シラユキのもふもふの上には、凄まじい魔力をその身に宿した二匹の小さな狼がいました。か、可愛いです！

「これは……神狼ほどではないが、魔狼の上位種だな」

「だからさっき声に魔力が乗っていたんですね。家が一撃で壊れるとは……」

魔狼の上位種ということは、フェンは少し肩身が狭いのでは？　いや、今はそんなことを考えず、新たな命が生まれたことを祝いましょう。

子供たちを近くで見てみましょう。

『キャン！』

近づこうとしたらぶっ飛ばされました。痛くはないですが、これは少し対策が必要ですね。

「フェン、シラユキ、名前は決めていますか？」

「男ならばファオラン」

「女の子ならシラン」

フェンとシラユキがそれぞれ答えてくれます。生まれた子供は男女一匹ずつですから、この子がファオラン、この子がシランですね。

子供たちはフェンとシラユキに任せて、私は仕事をしましょう。

「家を直しましょうか。あと、あの子たち用に頑丈にしなきゃいけませんね」

叫ぶたびに壊されては大変です。魔力で強化して頑丈に作りましょうか。

——よし、できましたね。これであの子供たちが全力で鳴いても壊れないはずです。

フェンは新しく生まれた家族に、今までにないくらいに興奮しているようです。しっぽがぶんぶん振られていますね。可愛いです。

ただ、お父さんとして、夫として、しっかりしなければと意気込んでいるフェンを見ると、なんだか私もお父さんのことを思い出しますね。

……久しぶりに行きますか。お墓参り。

お父さんのお墓は王都にあります。毎年命日にはお墓参りに行っていましたが……。追放されてからはそうもいきませんでしたからね。

新しい家族を見せたい気持ちもありますが、全員を連れていくことは難しいです。大勢だと見つかりやすいですからね。

連れていくのは……やっぱりこの子ですかね。

「どうしたの？　お母さん」

私に急に抱き上げられたアダムが不思議そうな表情でこっちを見上げます。

……アダムは私に似ていますが、お父さんにも似ていますね。目の感じとか、私とお父さんにそっくりです。

種族は違えど、やっぱりアダムは私の子供です。

「おじいちゃんのお墓参りに行きましょう」

いきなり行くわけにもいきませんから、まずは準備ですけどね。

みんなにお墓参りに行きたいということ、そのために半日ほど村を離れて、王都に侵入してくるということを伝えます。

反対されるかなとも思いましたが、むしろお墓参りに同行したいという希望者が多くて困りました。ただ、大人数で行くと発見される可能性が高いので、またの機会にということで納得してもらいます。

アダムにも、この村以外の景色を見せることができますし、楽しみです。

「お母さん、王都まではどうやって行くの？」

「転移で一気に行ってもいいですが……近くの街まで転移で行って、そのあとは馬車にでも乗りましょうか」

そういう経験を、アダムにさせてあげたいです。

「もちろん、ばれないように認識を阻害《そがい》する魔法をかけますけどね」

身分証とかも必要になりそうですが……まあなんとかなるでしょう。魔法がありますし、そこらへんはどうにかなるはずです。

という考えをルールーに話したら、考えが甘すぎると怒られました。

「王都生まれの王都育ちであるマーガレット様はご存じないかもしれませんが、王都の警備体制はそれなりに厳重ですよ？　身分証もなく、誰の紹介状も持っていない人物は間違いなく入れません」

……全然知りませんでした。

「紹介状に関しては……厳しいでしょう。身分証に関しては偽造できると思います。何日も滞在するとなれば厳しいですが、王都に入るだけならいけるはずです」

ありがとうございます、ルールー。なんで身分証を偽造できる技術を持っているのかはわかりませんが……助かるので気にしない方向で行きましょう。


出発の日がやってきました。

私もアダムも、どこからどう見ても旅人の親子です。身分証に関しては、どこかの貴族の騎士の妻と息子ということになっています。実家を訪ねるという名目です。

みんなに、なにかあったときはすぐに帰ってくるようにと念を押されながら、転移で王都に最も近い街に向かいました。

転移直後にばれるわけにもいかないので、人気のないところに出ます。

「わあ……人間がいっぱいだよ、お母さん！」

「そうですね。ノアの村は人間以外の種族の方が多いですからねー」

……やっぱりアダムを連れてきてよかったですね。ノアの村も発展しているとはいえ、人の歴史が作り出した街並みや、生活の雰囲気というのは現地でなければ体験できませんから。

アダムは私の記憶や、アーさんたちの記憶の一部を引き継いでいますし、見た目も十歳前後ですから忘れがちですけど、まだ生まれて間もないですからね。

色々な経験をさせてあげたいです。

「お母さん、あれはなに？」

「あれは屋台ですね。軽食を売っているみたいです」

いいにおいが漂ってきます。買ってみましょうか。

お金に関しては、交易で得た財産の一部を貨幣《かへい》に変換したものが村にあります。

今回はその一部を持ってきているので、少しくらいならお買い物できますよ。

「……アダム、お使いを頼んでもいいですか？」

「お使い？」

「そうです。あそこの屋台でご飯を買ってきてもらえますか？」

そう言ってアダムにお金を渡します。

アダムは元気よく返事をして屋台に向かっていきました。

大丈夫ですかね……計算などは大丈夫なはずですし、お金のやりとりなんかも教えてあるのできっと大丈夫です。

ただ、自分のことを一切知らない相手と関わるというのはアダムにとって初めての経験なので、しっかり見ておかねば。

「おじさん、二人分ください！」

「お、元気な坊主だな！　ほらよ、二人分だ」

「ありがとう！　ハイお金」

「お、ピッタリだな。また来てくれよな！」

完璧ですね。さすがうちの子です。

「はい、お母さん！」

「ありがとうございます、アダム。しっかりお使いができて偉いですね」

よしよし。よくできました。

腹ごしらえもできましたし、次は馬車を借りて、冒険者に護衛をお願いしましょう。

別に私とアダムなら護衛なんていらないんですけど、これも社会経験です。

まずは馬車を借りに行きます。ルールーが偽造してくれた身分証もありますし、子連れということがよかったのか、スムーズに話はまとまりました。

冒険者ギルドに行ったときは、アダムが冒険者独特の鋭い雰囲気に驚いていましたが、護衛の依頼を出すと、すぐに新人の冒険者パーティが引き受けてくれました。

道中は、護衛を雇ったおかげか特に問題は起こらず、無事王都に着きました。アダムは冒険者の人たちと随分打ち解けたようで、色々な冒険譚《ぼうけんたん》を聞いていました。

といっても、彼らは新人の冒険者なので、よくある英雄の冒険譚《ぼうけんたん》などをアレンジして話していたようですが。

「止まれ、身分証はあるか？」

「はい、これです」

案の定門のところで止められ、身分証の確認がおこなわれます。

ただ、しっかり準備しておいたので大丈夫です。

「ふむ、問題ないようだな。通ってよし」

よかったです。特になにかを聞かれることもなく王都に入ることができました。

……久しぶりですね。もう二度と来ることはないと思っていましたが、まさか子供と一緒に訪れることになるとは。

とりあえず、冒険者の人たちに依頼完了の書類を渡して、馬車も返します。

さあ、お墓参りに向かいましょうか。

「うわぁ！　すごい人！」

「王都は他の街とは比べものにならないほど賑わっていますからね。さあ、アダム、はぐれないように手を繋ぎましょう」

アダムの小さな手を握って、お父さんのお墓がある場所へ向かいます。

王都の賑わいからは少し離れた場所です。

墓地が近づくにつれて、少しずつ静かな雰囲気になっていきます。

すれ違う人たちも、どこか悲しそうです。

「さあ、着きましたよ。アダム」

小さなお墓です。大きなお墓を建てるべきかなとも思いましたが、お父さんはそういうのは好きじゃなさそうなので、こぢんまりとしたものになっています。

「お父さん、久しぶりです。しばらく顔を見せなくてごめんなさい。たくさんのことがあったんですよ……なにから話しましょうかね」

話すことが多すぎて、なにから話していいのかわかりませんね。まずはアダムの紹介でしょうか？

「お父さん、孫のアダムです」

「お母さん、さすがに単刀直入すぎると思うよ……」

「……そうですね。じゃあ、自己紹介も含めて、色々とおじいちゃんにお話をお願いできますか？」

「わかった！」

……アダムはお父さんに向かって色々と話し始めます。亡くなっているという事実を理解してないということはないでしょう。それでも、そこにいるかのようにお父さんに向かって話をしてくれているアダムは優しい子です。

その間に、私はお水を汲みに行きましょうか。

……お水を汲んで戻ってくると、アダムがこっちに向かって歩いてきます。

「お話しできましたか？」

「うん、たくさん話せたよ！　ただ、おじいちゃん、お母さんと二人で話したいって！」

「え？」

私を気遣って言っているのかとも思いましたが、アダムの顔は真剣です。

お墓の方を見ます。……お父さんの姿は見えませんね。

「……わかりました。じゃあ、二人で話をしてきますね」

アダムは近くの広場で遊ぶようです。

……深呼吸をして、お墓の前に座ります。

「孫はどうでした……いえ、孫はどうだった？　お父さん」

返事はありません。ただ、なんとなくですが聞いてくれている気がします。

「……いい子でしょ？　私が親になる日が来るとは思わなかったけど……楽しくやれてる」

……こういう口調でしゃべるのはいつぶりでしょう。お父さんといるときしか使っていませんでしたからね。

「……ねえ、お父さん。私、うまくやれてるかな？」

正直、少し不安です。私はあまり真面目な性格ではないですし、みんなに迷惑をかけることもあ

るでしょう。

……待ってみても、返事はありません。

それはそうです。お父さんはもうこの世にいない。それが真実なのですから。

私にできることは、これからも自分の行動を信じて、みんなと生きていくことです。

そして、もうひとつ。

「……安らかに」

祈ることです。聖女の祈りですよ、お父さん。効果ばっちりです。

さあ、お墓の掃除もしましたし、帰りましょうか。

アダムを探そうと、後ろを振り返ります。

「マーガレット」

「え？」

懐かしい声が聞こえました。振り返りますが、お墓の様子に変化はありません。

ただ、今の声は、間違いなく……

いつの間にか近くにいたアダムが楽しそうな声を上げます。

「おじいちゃん、喜んでたね！」

「アダム！　……喜んでいましたか？」

「うん、とっても！」

「そう、ですか。そうなんですね……」

私には見えませんが、そこにいるのかもしれません。

また来ますよ。お父さん。次はみんなを連れてきましょう。

「帰りましょうか、アダム」

「うん！」

帰りは、転移で戻りましょう。

転移を発動させようとした瞬間、ルールーとシルフィから魔法で連絡が入りました。

……なにやら緊急の用事っぽいです。急いで戻りましょうか。

第七章　善《よ》き迷惑者

転移で村に戻り、急いでルールーたちのもとに向かいます。

「ルールー、シルフィ」

「「マーガレット様」」

二人とも、いつもより深刻そうな表情ですね。

「なにがあったんです？」

「ごめんなさい。お墓参りの途中に連絡してしまって。それが……トアル湖の水がすごい勢いで減っているという報告があったんです。それで様子を見に行ったら、かなり深刻で……」

トアル湖の水が？　あそこはこの村の水源ですから、なくなるのは困ります。

すぐにシルフィとルールーを連れてトアル湖に向かいます。

最初にここに来たときの焚《た》き火跡がまだ残っていますね。懐かしいです。

「……これは、本当に減っていますね。原因は？」

「調査中ですが、この湖に流れ込む川の水量が減っているみたいです」

なるほど。おそらくルールーが連れてきた人たちの誰かが調査してくれたのでしょうが、本当に優秀ですね。知識は力です。

「そっちも見に行きましょうか」

「私たちもお供します」

そうですね。一緒に行きましょう。

「我も行こう」

なんとアーさんもいました。

「アーさん、こんなところでなにをしてたんです？」

「マーガレットたちと同じだ。悪魔たちが水が減ったと騒いでいたのでな、様子を見に来た」

同じ理由でしたか。では、アーさんも連れて行きます。

「歩いていくのもあれですから、飛んでいきましょう」

かなり距離がありますし。魔法で全員の身体を浮かせます。

「え、マーガレット様？　まさか……」

「大丈夫です。危なくはないですから」

「危なくなくても怖いやつですよね⁉」

「……一瞬ですよ」

「「きゃぁぁぁぁ⁉」」

そのまま浮かせた身体を射出するように加速させます。ルールーとシルフィの悲鳴が聞こえますが、速いだけで危なくはないので、そのうち慣れるでしょう。

悪魔は飛ぶことが多いのでアーさんは無反応ですね。……あ、いやちょっと怖がってません？

表情が強張っているような。

川の上空に着いたので、川を見下ろします。たしかに、水量が少ないですね。

「……マーガレット、川に降りるぞ」

なにか見つけたのか、アーさんが降りていきます。

ん？　なにか川に光るものがありますね。

「これは……羽？」

川を流れていたのはキラキラと光る羽でした。

鳥……？　ではないですよね。かなり大きいですし。

アーさんはそれを見てなにやら難しそうな顔をしています。

「なにかわかるんですか？　アーさん」

「……これは、天使の翼から抜け落ちた羽だ」

「天使の羽、ですか？」

天界に住むといわれる、あの天使ですか？　『善《よ》き迷惑者』と呼ばれている天使の羽がなぜこんなところに？

「間違いないな。これは天使の翼から抜け落ちたものだ。やつらとは何度も戦ったことがあるから見間違うはずもない」

「何度も戦ってるんですか？」

「何度もだ。あの馬鹿ども……ちょっと人間に頼まれたからって魔界に攻め込んでくるのだから厄介極まりない」

……やっぱり、天使は話に聞いたとおり迷惑者なんですね。

よく、天使はお話に出てきて、その中では人間の味方、という感じに描かれています。

ですが実際の天使は、人間に甘すぎる上に、一人の人間の願いを叶えるために多くの人間に迷惑をかけるので少し困った存在なのです。

「水が減っているのも天使の仕業《しわざ》でしょうか？」

「可能性は高いな。なんにせよここにいても仕方がない。川の上流へ向かうぞ」

そう言ってアーさんは歩き始めます。私たちもついていきましょうか。

川を見ると、白い羽だけでなく、少し変わった羽も流れています。なんでしょう、あれ。

「……先が少し黒いですね。天使の羽は真っ白なはずですが」

拾った羽から、微妙に邪気を感じますね。

すごく、厄介な予感がするのですがバレンタインも呼べばよかったでしょうか？　いや、アーさんもいるし大丈夫だとは思うのですが。

上流に向かうにつれて、木々や地面が破壊された跡が増え始めます。

そして、川の上流、山の上の水源には天使がいました。けれど、真っ白な翼の一部が黒く染まっています。そして、天使は魔法で水をどんどん抜いていっていました。

完全にあいつが犯人です。問い詰めましょう。

「ん……なんだい君たちは？」

「この川が流れる先にあるトアル湖という場所のほとりに住んでいる者です。水を抜くの、やめてくれませんか？」

天使の身体がビクッと揺れます。そして、嫌な感じの魔力を流し始めました。

「絶対にダメだ!!」

「……なぜです？」

「僕は……僕はこれ以上堕天するわけにはいかないんだよ！」

堕天？　よくわからないのでルールーやシルフィに目を向けます。二人とも知らないみたいですね。アーさんは？

「天使は、心に闇を持つと堕天するといわれている。堕天した天使の証は、真っ黒に染まった翼と真っ赤な光の輪だ」

たしかに、あの天使の翼は先が少し黒く染まっていますし、頭の上にある光の輪も赤みを帯びています。

「やるしかない。やるしかないんだよ！　邪魔をするなぁ！」

「うわ、いきなりですね」

突然天使が魔法を放ってきました。脅威になるようなものではありませんが、危ないことに変わりはありません。

こうしている間にもどんどん水は抜かれていきます。事情がよくわからないのですが、とりあえず水を抜くのをやめてもらわないといけません。

さあ、トアル湖を守りましょうか。

「ぼこぼこですね……」

私がやってるんじゃないですよ？　アーさん、ルールー、シルフィが天使をボコボコにしています。

天使は魔法でゴーレムを作りまくって応戦していますが、出したそばから壊されています。というかルールー、戦えたんですか？　戦闘訓練を受けていたのは知っていますが、そんなに強いとは。しかも使っている武器はハンマーですし。

「マーガレット様、武器を！」

金属のゴーレムを倒したせいかハンマーが壊れたようです。はいはい、すぐに魔法で作って渡しますよー。

「くそ悪魔が！　僕を堕天の道に誘っているのか！」

「ふん、堕天使の方がよほどマトモな生き方をしている。天使の理《ことわり》など、ろくなものではないだろう！」

天使とアーさんはすごいやる気で戦っていますね。天使の事情をよく知らないので、なぜやる気になっているのかはわかりません。

ですが、前にお酒を飲んでいたときに、アーさんが言っていた気がします。

天使と悪魔の生き方は絶対に相容《あいい》れないと。

「くそ、くそくそくそぉ！　この水を使って僕は天界に戻るんだよ！」

「どういうつもりだ！」

「頼まれたんだよ……王国の王様に！　どうしても水が足りないから、助けてくれって！」

え？　聞き捨てならない言葉が聞こえた気がします。王様に頼まれた？　王国の？　私を追い出した王ですか。きな臭いですね。

「頼まれた……ただそれだけの理由で大勢に迷惑をかける。相変わらず天使というものは勝手だな！」

「自らの享楽《きょうらく》にしか興味のない悪魔が言うことか！　僕らは人のために生きているんだよ！」

なんか、考えのぶつけ合いになっています。アーさんがあそこまで熱く真剣になるのは、かなり珍しいですね。実力的にはアーさんの方がわずかに上ですし、危なくなるまでは見ていましょう。

天使はだんだん余裕がなくなってきたのか、ゴーレムの生成をやめてアーさんとの戦いに集中し始めました。

「王に頼まれたと言ったな」

「そうだよ！　悪い女が王国を攻撃したせいで水が汚れたって言うんだ！　それでここの水が余っているから持ってきてほしいってね。その願いを叶えれば、僕は堕天せずに天界に戻れるんだ！」

「……馬鹿が。言葉を素直に受け取りすぎだろう！」

私もそう思いますよ、アーさん。天使というのは人が助けを求めると快《こころよ》く応じてくれるものだと聞きますが、まさかここまで考えなしに行動しているとは。

「だって、頼まれたんだから仕方ないだろう⁉　人の願いを叶える、それが天使の生き様なんだよ！」

「……では、私の願いも叶えてもらえるんですか？」

思わず口にしてしまいました。天使の動きがピタッと止まります。人の願いを叶えてくれるなら、私の願いもお願いしたいです。

「私の願いは水を抜くのをやめてほしいということです」

「そ、それは……できない！　僕はもう王様の願いを受けた！」

えぇ、融通《ゆうずう》がきかなすぎじゃないですか？　というか、なんかすごく切羽詰まっているみたいで、冷静に考えられないんでしょうね。

……というか、あの王はなぜそんなことを願ったのでしょう？

水が足りないというのは間違いなく嘘です。あの王国の水は、トアル湖とは比べものにならないほど巨大な水源に支えられているので。

しかも、なぜトアル湖を指名したんでしょう。考えられるのは、私たちへの嫌がらせです。

わざわざ天使を送り込んでくるなんて、それしか考えられません。

……嫌がらせ。なにかすごい胸騒ぎがします。勇者が奴隷の首輪を使っていたこともそうですが、王国のやり方はかなり過激になっています。

それなのに、天使一人を送り込んでくるだけで済むでしょうか？

むむむ、色々とよくわからないことが増えています。こういうのはみんなで考えた方がいいので、さっさと村に戻って話し合いましょう。

「悪魔め……滅《ほろ》びろよ！　《天剣の――》」

「聞きたいことがあります」

「うわぁ!?」

天使の一撃をかき消して話を聞かせてもらいます。

「その王、他になにか言ってませんでしたか？」

「は、はぁ？」

「いいから、答えてください」

大事なことなんです。答えてください。

「ほ、他にっていっても……」

んー、まどろっこしいですね。こうなったら魔法に頼ります。

魔力量の差に物を言わせて、強制的に契約を結びます。

「うわ、契約!?　なんで強制的に……うわぁぁぁ!?」

一時的なものですから大人しくしてください。契約魔法で主従関係にしたうえで、魔法で記憶を覗きます。かなり際どい魔法ですけど、なにもかもを覗くわけではなく、見たい記憶を限定しているので多分大丈夫です。

天使の記憶が浮かび上がってきます。ここは……私が追放を言い渡された場所ですね。嫌な思い出です。

話しているのは王と天使です。

「天使よ……我が願いを聞き入れてはくれまいか？」

「願い？　悪いけど、僕はもう天使としては生きられない」

なんだか、記憶の中の天使はかなり疲れている様子ですね。

翼の先に視線を向けています。黒くなってしまっている部分です。なるほど、堕天というのが始まっていたのですね。

そして、王もまた翼の先を見つめて邪悪な笑みを浮かべています。

うわ、鳥肌が立ちました。嫌な笑い方です。

「我らは……聖女を騙《かた》る悪《あ》しき女に、困難な道を敷かれているのだ」

「……そうなのかい？」

天使、ちょろすぎません？　王に向かって心配そうな視線を向けています。

「そうなのだ……街は破壊され、勇者を殺されたのだ」

「たしかに、来る途中で天変地異でも起こったのかというほど地形が荒れていたし、大穴もあいていたよ」

それはフォーレイと勇者、そして私のせいですね。ですが街を破壊したり勇者を殺したりした覚えはないです。

「多くの兵が殺され……家族を失った国民も多い。そして、挙句《あげく》の果てにその女、マーガレットは我が国の水源を破壊したのだ」

「水源を……」

「その結果、国民は苦しんでいる。どうか、頼まれてはくれないか？」

天使は、すごく悩んでいるようです。

「……わかった。水をどうにかすればいいんだろう？」

「おお、そのとおりだ！」

「わかった。僕が天界に戻るには……これしかないのか」

「なにか言われたか？　天使よ」

ぼそっと呟いた言葉。気になりますね。心に闇を持つと堕天するそうですが、心の闇を晴らせば天界に戻れるということなのでしょうか？

「なにも。そのマーガレットという人は？」

「あの悪女には、別の手を打っている」

「別の手？　話を聞く限り、相当な力を持っているんだろ」

「いかに強かろうが、所詮《しょせん》一人の人間であることに間違いはない。それに弱点はあるのでな……いずれわかるだろう。それよりも、天使よ。我が国民を救ってくれ」

私に弱点、ですか？

……まさか。急いで魔法でアダムに連絡を取ります。

反応が、ありません。いや、これは魔法が遮断されている？

「みんな、村へ戻りますよ」

「マーガレット、どうした？」

「村が危ないです。この天使は私を村から離れた場所におびき寄せるための餌《えさ》です」

「餌《えさ》だと……？　なんのために？」

天使の記憶の続きを思い出します。天使はあまり気に留めていなかったようですが、王はそのあと側近と思《おぼ》しき人と話をしていました。

「王よ、あの天使に頼まずともよかったのでは？」

「意味はある。あの天使が天界との繋がりを作ってくれるからな」

「なるほど。上位の天使を助けることで天界との繋がりを作るのですか……さすがです。国王陛下」

「ふん。当たり前だろう。あの女……余《よ》を侮辱したことを後悔させてやる」

……なるほど。こういうことですか。

天界との繋がりというのが気になりますね。

私が追放されたときも侮辱がどうのこうのと言っていましたが、たったそれだけでこれほど大がかりなことをするなんて呆れてしまいます。

「狙いは私です。ただ直接狙うのではなく……」

「村を狙うというわけか。あそこがマーガレットにとって大切な場所だと知ってやっているのだろうな」

「許せません。私の平和でほのぼのした空間を狙うなんて……本気で怒ります」

最近、戦うことが多くてあまりほのぼのできていませんが、村を守るためです。

降りかかる火の粉はすべて振り払って、私はみんなと平和に暮らすのです。

転移は……無理ですね。村の方に魔法を阻害《そがい》する結界かなにかが展開されているようです。魔法で飛んでいきましょう。

全員を宙に浮かせたところで、なぜかあたりが暗くなります。魔法？　いや……違います。上を見上げると、とてつもなく大きな鳥が上空を覆っていました。

なんですかね次から次へと。魔力の感じからして、あれも天使でしょうか。

「あの馬鹿でかい鳥……マーガレット、ここは我に任せろ。村へ行け」

アーさんは見覚えがあるようです。

「私も残りましょう」

「わたくしもです」

アーさん、シルフィ、ルールーが残ってこちらを抑えてくれるみたいですね。

「……わかりました。お願いします」

私は村へ向かいましょう。

SIDE　アーさん

まったく……マーガレットは平和に生きたいだけだというのに、なぜこうも厄介事が起きるのだろうか。

村は心配だが、我はマーガレットと、マーガレットの信じた者たちの力を信じている。

それよりも、目の前のことに集中しよう。そこには先程の天使と、巨大な鳥がいる。

巨大な鳥は、マーガレットを追わずに我らの前に降りた。そして、巨大な二対の翼を持った天使へと姿を変えていく。

……あの嫌味ったらしい表情と、ニヤニヤとして落ち着かない口元。これから起こるであろう戦いへの期待が前面に出ている。変わっていないな。

「久しぶりだな。悪魔公《デーモンロード》」

「三歩歩けばものを忘れる鳥にしてはよく覚えているじゃないか、アラエル」

「言ってくれるじゃないか、悪魔公《デーモンロード》。だけど悪いね。今日はお前としゃべる時間はあまりないんだよ。なにせ久しぶりの大きな願い事だからな。天使としての本分をまっとうさせ――あびゃ!?」

勇ましく語っていたアラエルの顔に、シルフィの放った矢が容赦なく直撃する。とてもアホな声が出たな……

まぁ、我としてもスッキリする仕打ちだったが。

「……容赦ないな」

「マーガレット様の敵ですから。戯言《ざれごと》など聞く必要はありません」

とても怖いのだが……シルフィよ。いつも金髪をいじめているが、よくあの人間はめげずに耐えている。

「くっそぉ、痛ぇな。やってくれるな」

「生きていましたか。ではもう一度」

「やらせるわけないだろう？」

やれやれ、終わっていないのか。では、我も戦うとしよう。

我とて、マーガレットと過ごすようになってから、他の者と同じように強くなったのだ。

「前、戦ったのは百年前だったか？　決着をつけるとしよう、アラエル」

「私も望むところだ……悪魔公《デーモンロード》！」

SIDE　アダム

僕の名前はアダム。マーガレットお母さんに作られた生き人形。生まれたばかりだけど、生き人形だから多くの知識を持っている。

みんなには内緒だけど、古《いにしえ》の魔法に刻まれた記憶とかも持っている。世界を滅《ほろ》ぼす魔法とか、人を生み出す魔法とか、使わないものばかりだから言う必要もないんだけどね。

最初は村でみんなと暮らすのは緊張したけど、最近はだいぶ慣れてきた。

お墓参りは色々新しい体験ができて楽しかった。王都も楽しかったし、おじいちゃんにも会えたしね。

ただ、なんか問題が起こったみたい。

お母さんは湖の方へ行っちゃった。僕はどうしようかな、とりあえずナオキと合流しよう。

「ナオキー！」

「アダム、おかえり」

ナオキはお母さんが連れ帰ってきた元勇者パーティの一員で、昔の記憶がないみたい。

記憶を戻す魔法も知っているから、かけてあげようとしたんだけど、うまくいかなかった。なんでだろう？

「ナオキ、なにかあったの？」

「湖の方でなにかあったみたいだね。僕もあまり状況がわからなくてさ」

「そっか……じゃあ他の人に聞きに行こう」

うーん、この時間だと……バレンタインお姉ちゃんは暇しているはず。

「バレンタインお姉ちゃん！」

「ん？　アダムとナオキか。どうしたんだー？」

「湖の方でなにかあったって聞いたから、状況を聞こうと思って。ヤニムとマトンは？」

「二人とも、酒が飲みたいって朝から引きこもってるよ、私も誘われたけど断った」

「バレンタインお姉ちゃん、お母さんにお酒禁止されてるもんね」

「……」

バレンタインお姉ちゃんは酔うと暴れるみたい。

そんな話をしていたら、なんか、ナオキとバレンタインお姉ちゃんの表情が怖くなった。なんだろう？　二人とも村の外へと視線を向けている。

「……アダム、マーガレットさんと連絡を取れるか？」

ナオキがかなり焦った様子で僕に聞いてくる。魔法でいつでもお母さんとは連絡取れるよ？

「なに言ってるのさ……そんなのできるに決まって……あれ？　できない？」

なぜだかお母さんと魔法で連絡が取れない。

「やっぱりか。バレンタイン、まずいぞこれ」

「結界か？　……ナオキ、アダムを守りながら結界の解除を」

バレンタインお姉ちゃんもすごく真剣な顔をしている。しかも、いつもと違って濃厚な魔力を練り始めている。

「バレンタインは？」

「私は、とりあえず結界を壊してみる。《魔槍》」

バレンタインお姉ちゃんが投げた魔槍は一直線に空に向かっていく。だけど、上空でなにかに阻まれるようにして爆発しちゃった。

「バレンタインの魔槍でも傷一つついてないな。かなりの結界だぞ」

「結構本気で投げたんだけどな……解除は？」

「難しい。短時間じゃ無理だ」

僕も結界を作っている魔法を解析してみる。うわ……なにこれ、使われている術式は簡単だけど、ものすごい数を組み合わせているから解除にすごく時間がかかりそう。

「……！　すごい数の魔力が村に近づいてきてる⁉　どうするバレンタインお姉ちゃん」

「私たちで村を守るしかない。さっきの魔槍で村のみんなも気づいているはずだ。みんなで、マーガレットが帰るまで守る！」

バレンタインお姉ちゃん、すごくかっこいい。

「アダム、戦えない人を集めるんだ」

「わかった！」

お母さんから習った転移の魔法で戦えない人を全員この場に集める。

「次は？」

「おぉ……ええと、ゴーレムで守れる？」

「任せて」

百体くらいいればいいかな？　とりあえず作れるだけ作っておこう。村の外周や城壁の方にも配置したいから……全部で五百体くらい作った。足りるかな？

「……さすがマーガレットの子供」

えへへ、褒められた。あ、けど気を抜いている場合じゃない。城壁に配置したゴーレムが攻撃を受けている。

「バレンタインお姉ちゃん、ゴーレムが壊され始めてる」

「わかった。アダムはここで防衛。ナオキも一緒にいて結界の解除を」

「「わかった」」

「私はこの村に攻めてきたアホを泣かしてくる！」

そう言ってバレンタインお姉ちゃんは飛んでいっちゃった。心配だけど、バレンタインお姉ちゃんが強いのは知っているし、僕は僕の仕事をしなきゃ。

SIDE　バレンタイン

戦えない人たちはアダムたちに任せておけば大丈夫なはず。

敵の魔力からして、多分天使だ。

このねちっこくてしつこい感じ、多分悪魔たちもみんな気づいているから、各自で戦い始めるだろう。指揮はとれないけど、私が教えているのは少数で動く戦い方だから、きっとみんな大丈夫。

問題は、アーさんとマーガレットがいないうえに、フェンやシラユキも戦えないこと。

私が大物を倒すしかない。

マーガレット城の方にはかなりの数の敵がいるけど、強いやつはいないから大丈夫。

強い気配は……四つ。かなり上位の天使たち。そのうち一つがこちらに向かってくる。どうやら、私に気づいてるな？

「……おお、やっと来ましたか。魔界の者よ」

「座天使か」

座天使。天使の位《くらい》では、上から三番目。燃える車輪をいくつも浮かべているから、コイツらの見た目はわかりやすい。

なんでこいつらほどの天使がこの村に来たんだ？　マーガレット、厄介事を呼びすぎじゃないか？

「左様《さよう》、我は座天使ソロネ。魔界の者よ、この村を守らんとするのですね」

「当たり前だ」

「愚かな……力の差もわからないのですか？」

たしかに、前の私なら多分勝てない。けど、マーガレットと戦ってから私も強くなったんだ。

なにより、私に戦い以外の幸せを教えてくれたこの村を傷つけさせるわけにはいかない。

「うるさいクソ天使。かかってきなよ、泣かせてやるから」

SIDE　ヤニム

「かー！　うめぇ、やっぱ休みの日の酒が一番美味《うま》いよなぁ、マトン！」

「そうだねー、だけど、この前、試作品として飲んだカブさんの蜜を使ったお酒ほどではないんじゃない？」

これだからマトンは。おぼっちゃまだからなのか、酒を楽しむときに味ばっかり気にしている。

違うんだよなー、きつい訓練の休みに飲むっていうシチュエーションが酒を美味《うま》くするんだよ！

「にしても、日に日に逃げるのがうまくなるな、ヤニムは」

「それが俺の生き様なんだよ」

最近はホントに子供たちが容赦ないからな……逃げるのがどんどんうまくなっていく。今ならマーガレット様からも逃げ切れるような……いや無理だな。あの人からは逃げられない。そもそも俺が追われるような理由がない。

「ヤニムってさ、バレンタインが好きなの？」

「ぶふぉ!?　お前、とんでもないこと言うな……そんなわけないだろ」

「ええ、そうなの？」

やっぱりマトンはどこか抜けている。お坊ちゃまとして育てられたからか、恋愛に関する推測が恐ろしいほど的外れだな。いや、もはやここまでいくと恋愛脳が死んでいると言ってもいい。

マトンを一通り馬鹿にしたところで、酒を手に取る。その瞬間、鳥肌が立った。

これは俺の才能なのか、危険が迫ると身体が教えてくれるんだ。でも、なんで今なんだ？　とりあえず、自分の直感には従わなきゃな！

「……伏せろマトン！」

「うわぁ!?」

マトンの頭を無理矢理下げさせた瞬間、俺の家が吹き飛んだ。

……え？　俺の家、吹き飛んだ？

「えええええええええ」

「うるさい、うるさいヤニム！　耳の上で叫ぶな！」

「えええええええ」

「ダメだ……ヤニムが壊れた」

あばばばばば、俺の夢の一軒家が、いつか可愛い彼女とイチャイチャするための家が、壊れた。

「俺の……俺の家をやったのはどこのどいつだァアアアアアア」

「うわ、ダメだ、鼓膜が死んだよ。君の家も死んだかもしれないけど僕の鼓膜も死んじゃったよ」

どこのどいつだよ！

そう思っていたら、翼を広げた一人の女が空から降りてきた。うわっ、すげぇ美人だけどめちゃくちゃ鳥肌が立つ。こいつは間違いなくヤバいやつだ。

「うふふ……活きのいい子たちに出会えたわ。ほら、お姉さんといいことしましょう?」

「しねぇよ！　俺の家壊しやがって、顔と身体はよくても許せねぇ！」

「あら、つれないわね。それじゃあ……《天使の子守唄》」

やばっ、あの魔法は喰らったらやばい！　俺はなんとか逃げられそうだけど、マトンは!?

「なにしてんの、ヤニム？　なんも聞こえないんだけど!?」

やべぇ、あいつ鼓膜をやられてて状況を理解してない！

マトンは魔法をもろに喰らってそのまま倒れた。

「おいマトン、大丈夫か！」

なにやってんだこいつは。俺より強いはずなのに！

「すやぁ」

「寝てるのかよ!?」

すやぁ、じゃねぇよ！　なんでこんなヤバそうな相手がいるのに寝ちゃうんだ！　俺は逃げるのは得意でも、強くはないんだぞ？

「あらら、寝ちゃったわね。うふふ、やっぱり男は寝ているときが一番可愛いわァ」

恍惚《こうこつ》とした表情を浮かべる天使。やばい、背筋がぞくぞくとする。とりあえずマトンを抱えて逃げるぞ！

「あら、逃げちゃうの？　待ちなさい」

「待てと言われて待つような馬鹿じゃないんだよ！」

天使は遊ぶようにして魔法を放ってくるが、俺には当たらない。ただ狙ってるだけの魔法を避けるなんて朝飯前だからな。

視線と身体の動き、魔法の発動をちゃんと見ればそれくらいできるようになる。まぁ攻撃手段がないから、ほんとに逃げるだけなんだけどな！

「あら、あらら？　全然当たらないわ……あなた、逃げるの上手ね。お姉さん、困っちゃうわ？」

「そのまま諦めてほしいんだけどな」

「それは無理よ。お姉さん、燃えてきちゃったから！」

やっば!?　魔法の威力と速度が桁違いに上がった。

マトンを背負っているから少し動きづらい。これは……逃げられるか微妙だぞ!?

「うおっ!?」

まずい。魔法の形式を見誤った。避けたはずの魔法が爆発し、凄まじい数の魔法に分裂して飛んできた。

ギリギリで避けられたと思ったが、掠ったのか強烈な眠気が襲ってくる。

「くそ……まじかよ……」

「あら、終わっちゃった？　もう少し遊んでいたいけど、他にも活きのいい子がいそうねぇ。その子たちと遊ぶことにしましょうか」

ダメか……もう。せめてマトンだけでも逃がさなきゃ、マーガレット様に顔向けできねぇ。

「くそ、マトン、起きろ。マトン！」

「無理よ。しばらくは起きないわ……それじゃあ、さようなら」

天使が俺に向かって魔法を放つ。くそっ！

……あれ？　俺、死んでない？

顔を上げると、俺を庇《かば》うようにして、光沢を放つ大きな身体が魔法を受け止めていた。そしてその背後には、魔界に行っていた悪魔三人衆？

「カブさん!?　それに悪魔三人衆も!?」

「「「助けに来たぜ！　ヤニム！」」」

◇◇◇

「む、止まれ！」

「うるさいですよ！」

「ぐはぁ!?」

まったく、早く村に帰って私のほのぼの空間を取り戻したいというのに、いくら殴り飛ばしても天使が湧いてきます。

しかも、揃いも揃って必ず「止まれ！」って言うものですから、かなりイライラしてきました。

「貴様は！　止まれ！」

「だからしつこいんですよ！」

「なにがっ⁉　ぐべぇ」

転移はできませんし……もういいです。全力で突破します。身体を宙に浮かせ、周りに魔力による防壁をまとわせてっと……いきますよ、どーん！

天使たちを薙《な》ぎ倒して村を囲む結界まで来ました。

「くそ……やめておけ、どうせ人間如《ごと》きに破れるようなものではない」

吹き飛ばされてうずくまってた天使がなにか言っています。たしかに、複雑で解除するには時間がかかりそうな結界ですね。ただ、それは正面から正しい手順で解除するときの話であって、力で突破する場合は違います。

魔力を拳に乗せます。私の全魔力ですよ。町ひとつくらいなら吹き飛ばす自信があります。いきますよ……！

「そーい！」

「なんとぉ⁉」

バリバリと音を立てて結界が崩れ落ちました。……たしかに、凄まじい強度でしたね。手が痛いです。

村の中には、かなりの量の天使がいました。みんな戦っています。アダムとナオキが戦えない人たちを集めて守っているようですし、死傷者はいないようです。

ただ……バレンタイン、ヤニム、マトン君が苦戦してますね。大きな魔力の反応と戦っているようです。

あとの戦いは……悪魔たちが無双していますね。あと子供たちも。え、子供たち？　なにやってるんですか？

しかも子供たちの指揮をとっているの、アダムじゃないですか⁉

慌てていると、見知った気配が近づいてきます。

「主《あるじ》！」

「フェン！　無事でしたか」

フェンが私の方に駆け寄ってきました。よかったです。無事でしたか。

「ファオランやシラン、シラユキは？」

「大丈夫だ。あらかたの天使は倒したし、シラユキも強い。それよりも、この天使たちはどこから？」

「王国の仕業《しわざ》ですよ。にしても……なんでこう平和が続かないんでしょう」

「主《あるじ》には力があるからな。そういうこともあるだろう」

「私はただ平和に暮らしたいだけなんですけどね……とりあえず、さっさと平和を取り戻しましょうか」

さて、村にいる天使はかなりの数になります。そして、この天使たちはおそらくですが王の願いを叶えようとしているんでしょう。

村全体を囲むようにして魔法を練り上げます。イメージは、釣りです。村人や建物は壊さないように、天使だけを釣り上げます。

むむ、抵抗が激しいですね。釣り上げられるわけにはいかないと天使たちは逃げ回っています。ですが……ここは力業《ちからわざ》です。

いきますよー。

「おりゃ！」

「「「「「うわぁぁぁぁ!?」」」」」

「大漁ですね！」

ほぼ全員が釣れました。そしてそのまま魔力で作った檻に突っ込んでおきます。よしよし、みんな翼がありますから、見た目は鳥小屋ですね。

残っている天使は三人でしょうか。バレンタインと戦っている天使、そしてカブさん、悪魔三人衆、ヤニム、マトン君と戦っている天使。そして、遥か上空で高みの見物を決め込んでいる天使と一人の人間です。

「バレンタインは……勝てそうですね。邪魔をするなと言われそうですし、泣きながら逃げているヤニムたちのところに行きましょうか」

ヤニムたちのところへ転移します。結界は壊したので転移し放題です。本当はアダムの顔を見に行きたいところですが……あの子なら大丈夫なはずです。信じています。私は、私にしかできないことをやりましょう。

「うおおおお、誰かァァァァ」

「うふふふ、待ちなさぁい！」

カブさん、悪魔三人衆、マトン君は既に眠らされていますね。残っているのはヤニムだけです。魔法による弾幕が敷かれていますが、ヤニムはすべてをかわしています。涙で顔はぐちゃぐちゃですし、避け方もかなり無様というか……けど逃げているのはすごいです。

たぶん、村の中で一番生存能力が高いですよ。ヤニム。

「もうダメだァァァ」

そんなことありませんよ。ヤニム。

「ヤニム、よく逃げましたね」

「マーガレット様!?」

そうです、マーガレットですよ。

「なぁに、あなた？　あぁ、あの人間が言っていた悪女さんね。残念だけど、私は女の子と遊ぶ趣味はないの。いくら強いといっても、座天使に敵うものではないでしょう。すぐに楽になるわ……《天使の子守唄》」

「マーガレット様！」

天使が放った魔法が私に直撃します。天使はにっこりと笑みを浮かべ、ヤニムは絶望に染まった顔をしています。

「……ふぁ」

欠伸《あくび》が出ました。

「え？」

「え？」

「え？」

三人の声が重なります。

「それだけ？」

「なにがですか？　ああ、今の魔法ですか……こういう状態異常魔法は魔力の差があると効きづらいんですよね」

なので欠伸《あくび》が出る程度です。そこまで眠くはなりません。

あと、魔力が大きい方からすると、逆に状態異常魔法はかけやすいんですよね。こんな風に。パチンッと。

「ふわ⁉　……すやぁ」

「嘘だろ⁉　指を鳴らすだけであの意地悪天使が寝た⁉」

よし。これで残るは上空にいる天使たちだけです。行きましょうか。

あ、その前に村に情報を伝えましょう。

「ヤニム、眠っているみんなはすぐに起きるはずなので、起きたら状況説明をお願いします」

「わ、わかりました」

ヤニムは大丈夫ですね。あとは魔法で声を大きくして……

『マーガレットです。天使たちはほぼすべて捕まえましたが、まだ一部残っています。残りは私に任せてください。みんな、よく頑張ってくれました』

一人の犠牲もなく、戦ってくれました。本当によく頑張ったと思います。それと同時に自分の不甲斐なさを強く感じますが……今は反省よりも事態の対処です。

上空に上がると、六枚の巨大な翼を背中に生やした天使と、見覚えのある一人の男性が浮いていました。

「久しぶりだな、聖女。貴様を追放したとき以来か？」

「久しぶりですね。王」

馬鹿王子と同じく、プライドに固執する馬鹿な王です。天使の魔法で身体を浮かせてもらって、いいご身分ですね。

「やっぱりあなたでしたか、天使たちに願いを言ったのは」

「左様《さよう》。王として、この国に巣食う魔性の女を殺そうと思ってな」

「……それで、そこの人が天使たちの代表ですよね？」

「左様《さよう》。王たるこの私が依頼をし、受け入れられた、天界に座す天使たちの代表だ」

六枚の巨大な翼。たぶん、天使の中でも最上位の存在でしょう。魔王さんと同じくらいの魔力です。

「あの……天使さん？」

天使の代表に話しかけましたが、思いっきり無視されました。顔をぷいっと背けるとは……

「……答えませんか。ならば、王。なんでこんなことをしたんです」

「貴様が、王を侮辱したからだ。国家を運営し、強大な権力をもってして国民に崇《あが》められる、王を！　貴様は侮辱した！」

王はすごい形相《ぎょうそう》でそう叫びます。侮辱、侮辱ですか。

「侮辱なんてした覚えがありませんが」

「なんだと……？　貴様は、処刑ではなく追放という温情を受けた身でありながら、異種族が仲睦まじく暮らす村を作るなどという、馬鹿げたことをおこなった」

王の目には、黒く淀んだ殺意が燃えています。ねっとりとして、深い闇です。

「だがな、そのようなことは王である者がやることだ！　貴様のような凡人がやることではない……王族が、この世の秩序を作る王こそがおこなっていい行為なのだ！　それを貴様は、なんの許可もなくおこなった。それが侮辱以外のなんであるというのだ!?」

「……すごいプライドですね」

めちゃくちゃなことを言っていますが、実際にここまでの事態を引き起こしているので、本心からそう思っているのでしょう。

「だからこそだ。貴様と、貴様の作ったこの場所を破壊する」

「それで天使に願ったのですか。まったく……」

厄介なことをしてくれますね。もう仕事モードは終わりたいんですけど、村の平和が確定するまでは本気で働きます。

「天使も、なぜそんな願いを？　水を抜いていた天使と同じように騙《だま》されたのですか？」

「くくく、そうではない。貴様、天使が堕天する理由を知っているか？」

心に闇を持つ、でしたか？　それがどういう基準なのかは知りませんが。

「天使はな、人の願いの内容などどうでもいいのだ。願いを叶えるための存在ではあるが、その結果どうなろうと天使は気にしない。感情というものがあるのか、疑いたくなるがな」

私はあなたのこともまともな感情を理解できるとは思いませんでしたよ。にしても、願いの内容を気にしない……だから善《よ》き迷惑者ですか。どんな願いでも聞き入れる、その結果どうなろうと知らないとは……

水を抜いていた天使の様子から考えると、願いを叶えている最中は、他の願いを受け付けないんでしょうか？

うーん、なんだか本当に感情がないように思えてしまいます。水を抜いていた天使は感情がはっきりあるように思えましたが……あ、まさか。

水を抜いていた天使は、王の願いを最初断ろうとしました。天使が願いをたんたんと叶える存在なら、そんなことはしないのでは？

「人の願いを断る。それが堕天の理由ですか？」

「……ほう」

正解みたいですね。ということは、心に闇を持つという表現はあまり正しくないんでしょう。

人の願いを叶える存在、それなのに願いを叶えなくなってしまった場合、天使は堕天するんでしょう。

水を抜いていた天使は、どこかで願いを叶えた結果どうなるかを考えてしまったのかもしれません。それで、ただ願いを叶える存在ではなくなってしまったと。

……天使ってかなり面倒な生き方をしているんですね。堕天した天使の方が正しく感じてしまいます。

「面倒な存在だろう？　だが、なぜか天使は堕天を恐れる。だから御《ぎょ》しやすいのだがな。あの天使も、予想どおり貴様を引き付け時間を稼いでくれたわ。しかも天界との顔繋ぎまでおこなってくれた。十二分の働きだな。さぁ、熾天使《してんし》アズライル、やつを滅《ほろ》ぼせ！」

「……」

相変わらず天使はしゃべりませんが、私に敵意を向けてき……てませんね。あれ？　かかってこないんですか？

「……天使？　なにをしている！　人の願いを聞くのが貴様らの役目だろうが！」

王がもう一度命令すると、天使が私に向かってきます。……やるしかないですね。

天使が大量の魔法陣を浮かべます。これは……まずい気がします。とりあえず全力で防御魔法を使いましょう。

「くははは、どうした。手も足も出ないか？　いいぞ、そのまま押し潰してしまえ！」

こ、これは……強いですね。

普通にやったら勝てないかもしれません。ですが私には奥の手というやつがあるのです。

魔王さんに教えてもらったやつです……いきますよー。

「《覚醒》！」

てっきり、魔王さんしか使えない特別な魔法なのかと思っていましたが、一定以上の魔力があれば使用可能な魔法でした。

莫大な魔力を一気に身体に循環させることによって、一時的に魔力の効率を大幅に引き上げます。

「……！」

魔力が溢《あふ》れてくるような感覚です。この状態なら絶対に負けませんよ。

とりあえずは天使を拘束しましょう。

「……っ!?」

鎖を作り出して、天使の動きを封じます。単純な拘束魔法ですが、魔力量で無理矢理押さえつけました。

「あまり、人の願いを唯々諾々《いいだくだく》と叶えるものじゃありませんよ。少しは疑問を持ってみるといいでしょう！」

魔力を大砲のように打ち出して、天使を遥か彼方《かなた》へと吹き飛ばします。ついでに檻に入れた残りの天使たちも投げ飛ばしました。

「うそ……だ。こんなに、あっさりと？」

「はい。あっさりと、です」

《覚醒》を使うと魔力の量が倍近くなりますから。ただ、そのぶん反動も大きいので大変ですけどね。

「さて、王。村には平和が訪れましたし、あなたが今後、二度と村に危害を加えないというのなら、このまま国に帰してあげます」

「……応じなければ？」

「少々怖い目にあってもらいます」

「怖い目？」

はい、そうです。まずは王に魔法をかけます。これは飛行魔法ですね。

次は、コマのように回転させます。

「ぎゃぁぁぁぁぁぁぉ!?」

そしてそのまま上空に打ち出しましょう、ぽーんと。

「うわぁぁぁー」

一瞬で見えなくなりました。しばらくすると自由落下で落ちてきます。地面に当たる寸前で、再び遥か上空へと転移させます。もちろん、勢いは保ったままで。

「た、頼む、助け――」

無限に落ち続けてください。とりあえず、丸一日はそうしていてくれていいですから。その後契約魔法で二度と村を襲えないようにして王国に帰してあげます。

甘い対応かもしれませんが、ここで王の命を奪ったりしたら大変なことになりそうですし。

それじゃあ、落下を楽しんでくださいね。私はみんなのところに戻ります。

SIDE　王

どうしてこんなことになった。王を侮辱したあの女を懲《こ》らしめようとしただけなのに……なぜ無限に落ち続けるのだァァァ。

「うぎゃぁぁぁぁあああああ」

しかも、回転が加わっているせいで、体勢も立て直せない。

え、これはさすがに死ぬんではないだろうか。王たる余《よ》が、ここで？

いや、大丈夫なはずだ。まだあの女に復讐するまでは死ねない！

「うぎゃぁぁぁぁ、あ？」

む？　浮遊感がなくなった？　まさか終わったのか？　下を見てみよう……いや、落ち続けているな。なぜだ……加速しすぎたせいなのか？

なんにしても恐怖が薄れたのはいいことだ。このまま耐え続けることができるからな。

ぱくっ。突然、王たる余《よ》の視界が真っ黒に染まる。そして聞こえてくるのは翼をはためかせる音と、生暖かいぬるっとした液体が身体にまとわりつく感触。落下は止まったが……これは、もしかして……

「食われたァァァァァァ!?」

……結局、国に帰ったのは三週間後だった。

謎の巨大な鳥に食べられたかと思えば、そのまま丸呑みにされ、地獄のような思いをし、挙句《あげく》の果てには排泄物と一緒に荒野に捨てられた。

その後も国へ帰る途中に追い剝《は》ぎに会い、盗賊にボコボコにされ、国民にすら汚いものとして扱われた。

国に帰るまでの間、食料もなく、雨と虫で命を繋いだ。

やっとの思いで王国に着いても、誰にも王だと信じてもらえず、妻と息子でさえ最初見たときは完全に汚物を見る目をしていた。

そんな私はいま、玉座に座っている。だが、以前は玉座に座れば燃えたぎるような気持ちが湧いてきたが、今は虚無感しか覚えない。

「……もう、心が折れた」

人生で味わったことのないほど辛い三週間だった。

これもあの聖女に関わったせいなのか……

「……大臣よ」

「なんでしょう、王よ」

「……聖女に関しての記録を消せ。もう関わることはやめる」

「それは……いいんですか？　王よ、あれほど執着していたのに」

「いい。もう、いいのだ……」

◆◆◆

王はお仕置き中に鳥に食べられてどっか行ったみたいですし、天使たちもほとんどすべて投げ飛ばしました。残っているのは水を抜いていた天使と、アーさんが戦ってくれている天使だけでしょうか。

……いや、村にも残っていますね。

「はぁはぁ、ヤニムって名前なのね！　ヤニム君、お姉さんといいことしましょ？　ね？」

「嫌だよ！」

「あーん、つれないところも、す、て、き！　ヤニムくーん！」

ヤニムは眠らせ天使さんに気に入られたようです。というか、眠らせ天使は堕天しているみたいですけど……大丈夫でしょうか？

ヤニムに夢中で願いを叶えることを完全に放棄していますね。

まあ、害はなさそうなのでいいでしょう。

あとは……バレンタインと戦っていた天使はどうなったんでしょう？

あっちの方でしたよね。

「うえええええん」

「だっはっは！　どうだ、泣かせてやったぞ！」

ボロボロのバレンタインが、号泣している天使の横で高らかに笑っています。……なんか、こっちも平和そうですね。

こっちの天使も堕天してるじゃないですか。この流れで行くとアーさんのところもこんな感じでしょうか？

早くマトンやみんなの顔を見たいですが、天使たちの問題を片付けてからです。

アーさんの方まで飛んで……いや、もう転移が使えるんでしたね。一気に移動してしまいましょう。

「「この……」」

「クソ悪魔が！」

「クソ天使め！」

おお、他のところとは違って盛り上がってますね。二人ともかなりボロボロ……なのかと思いきや、ボロボロなのは鳥の天使だけです。

あれ？　水を抜いていた天使はどうなりました？　……あ、ルールーとシルフィに縛られて地面に横たわっていますね。

「ルールー、シルフィ」

「「マーガレット様！」」

「ここを抑えてくれてありがとうございます。怪我はありませんか？」

二人とも大丈夫だと言っていますが、一応回復魔法をかけておきましょう。

「……マーガレット様、この回復魔法、部位欠損も簡単に治ると思いますよ？　なんなら、死者も生き返りそうなんですが」

「気のせいですよ。それよりもアーさん、かなり苦戦していますか？」

「いや、多分ですが、アーさんは多少手を抜いているんだと思いますよ」

なんででしょう？　あの天使とは顔見知りのようでしたから楽しんでいるのでしょうか？

それとも、なんらかの事情があって天使相手には本気を出せないとか……なんにせよ心配です。

止めに入りましょ……あれ、シルフィ？　なんで止めるんです？

振り返り、私の肩を押さえるシルフィを見ます。なんか、すごく微妙な表情ですね。どうしました？

「……マーガレット様にいいところを見せたいのかと」

「……なるほど」

そういうことですか。なら、止めに入るのは余計なお世話ですね。私がやることはひとつです。

「アーさん！　頑張ってください！」

「ぬ、マーガレット！　見ていろ、これが我の力だ！」

私が見ていることに気づいたアーさんは、一気に魔力を練り上げます。

あ、これはアーさんの圧勝ですね。ここにきてようやく手を抜かれていたことに気づいた天使はかなり動揺しています。

「な、お前、まさかあの女にいいところを――」

「言わせん！」

「あびゃぁ!?」

アーさんの魔法が直撃して、天使は気絶し、地面に落ちます。

お見事ですね、アーさん！　かっこよかったですよ。

これで一件落着ですね。

あとは事後処理ですが……まずは水を抜いていた天使さんの様子を確認しましょうか。

「大丈夫ですか？　にしても、なんであんな簡単に王の誘いに乗っちゃったんですか。あなた自身、素直に人の願いを叶え続けることはよくないとわかっていたのでは？」

「……わかっていたさ。ただ、それでも僕は天界に……天使のみんなのところに帰りたかったんだ」

……そう言われると、少し寂しい気持ちになりますね。堕天しかけたままでは帰れなかったんでしょう。生まれ育った場所に帰れないというのはつらいものです。わかりますよ。

さて、天使たちのことや、みんなの安全確認など、やらなければならないことがたくさんありますが……さっきの魔法の反動で身体が言うことを聞きません。気を抜いたら倒れそう……というか、なんか視界が斜めに……

「マーガレット!?」

丸一日寝てしまいました。

気を取り直して、仕事をしていきましょう。

「堕天使ソロネだ」

「眠りの堕天使、スヤリスよ。よろしくね！」

「鳥の堕天使……アラエル」

堕天使の三人が、村のみんなの前で挨拶をします。

ソロネはバレンタインに泣かされた結果、なぜこんな思いをしてまで人の願いを叶えないといけないのか疑問に思ったそうです。

スヤリスはヤニムに興味津々で人の願いを叶えるよりもそっちが優先なようです。

アラエルは……多分願いよりもアーさんとの戦いに固執しているようですね。

なんでこの三人が自己紹介をしているのかというと、新たにこの村に住むことが決まったからです。

みんなを攻撃したので、私としては反対したのですが、なぜか村人たちが許すというので住んでもらうことにしました。

ここを追い出されると、天界に戻れない彼らは行き場を失いますから。そこを気にした村人が多かったみたいです。みんないい子ですね。

特に、アダムは積極的に賛成していました。

いい子ですね。ちゃんとよしよししてあげました。

「「「よろしくお願いします」」」

はい。みなさんよろしくお願いします。そろそろ雪も解けて春になりますし、色々な仕事が出てきます。自分に合った仕事を見つけて、早く村に馴染めるといいですね。

私ですか？　私はだいぶ働いたのでしばらくお休みです。ちゃんとやらなければならない仕事はやりますけどね。

水を抜いていた天使さんは、いまだに天界に戻りたい気持ちがあるようで、村の住民になるという選択は決めかねているようです。

ただ、野ざらしというわけにもいかないので、村のはずれに家を用意してあげました。

そんな感じで、残った天使たちはとりあえず落ち着きました。

……今すぐにやらなきゃいけないことも終わりましたし、季節的に残り少ない時間しか味わえないこたつに入りましょう。

「アダム、家に帰りましょう。今日は私がご飯を作ります！　アーさんも来ませんか？」

「なら、一度マーガレット城に戻って酒を取ってくるとしよう」

「さすがアーさん。わかってますね」

お酒も、だんだん備蓄が減っています。元々ブッチャー団が持っていたものをもらったり、ラムさんと取引して手に入れたりしていたのですが、お祭りなどで振る舞うことが多いので減りが速いです。

それを知ってか、悪魔たちは最近お酒作りにも挑戦しているみたいです。結果がとても楽しみですが、かなり苦戦しているみたいですね。

「フェンも来ませんか？」

「シラユキと子供たちを連れていってもいいか？」

「もちろんですよ。大歓迎です」

もふもふパラダイスです。ニヤついてしまいますね。

いやいや、アダムを蔑《ないがし》ろになんてしていませんよ。よしよし。ん？　よしよしだけじゃ足りないですか。

可愛い子ですね。抱きしめてあげます。むぎゅー。

「えへへ」

「可愛い子ですね。アダム、改めて、村を守ってくれてありがとうございます」

「お母さんがいない間は、僕がみんなを代わりに守らないとって思ったんだ」

……本当にいい子です。まだ、親子の関係になってからの時間は短いですが、この子は私の子供だと思えます。

けれど、私がやるべき役目をこの子に任せてしまったことは、反省しなければなりません。

「よし、家まで抱っこしてあげましょう」

「やったー！　……あ、けど、自分で歩いてもいい？」

アダムが少し恥ずかしそうに離れます。どうしたんでしょう？　あ、わかりました。みんなが見ているからですね。うぅ……とても可愛いです。

「それじゃあ、家に行きましょうか」

家に着いて、まずおこなうことはこたつの電源を入れることです。あと、みかんを出しておきましょう。

フェンやアーさんはあとから来るので、それまでにある程度食事の準備をしたいですね。

「お母さん、料理するの珍しいね」

「あまり得意ではないですからね。ただ、今日は自信があります」

「メニューは？」

「ずばり、カレーです！」

少し前にラムさんから聞いた料理です。本格的に作るとなるとかなり大変だそうですが、魔界では工程を簡略化できるものがあるみたいです。

こっそりもらったのが家に保存されています。

「この固形になったものを使うんですよ。アダムにも少し手伝ってもらいましょうか」

「うん！　なにをすればいい？」

「じゃあこの野菜を少し大きめに切り分けてください」

アダムはすぐさま野菜を宙に浮かべて、魔法で切り刻んでいきます。簡単にやっていますが、細かい魔力操作を会得《えとく》していないとできないことですね。

「あ、皮は落としましょう」

「わかったー」

はい。ありがとうございます。いい感じですね。

それじゃあ軽く出汁《だし》を取った鍋に野菜を入れて、ラムさんからもらった固形のルーというやつを入れて、混ぜます。

「……なんか、すごいいい匂いがする！」

「ほんとですね。すごくおいしそうです」

鼻腔《びこう》をくすぐる……いや、食欲を直接刺激されているような感覚ですね。これは楽しみです。

「少しの間煮込みましょう。そのあと味を微調整して完成です」

そうしていると、どうやらアーさんたちが来たみたいです。アダムに出迎えをお願いして家に招き入れます。

フェンとシラユキは小さくなっていますよ。それでも、ファオランやシランを背中に乗せられる大きさはありますが。

二匹の子犬はまだしゃべれませんが、無闇矢鱈《むやみやたら》に声に魔力を乗せることはなくなったようです。家が破壊されなくて、なによりですね。

元気が有り余っているのか、すぐさまアダムに飛びついて遊び始めました。

「お疲れさまです、フェン、シラユキ」

「ありがとう、主《あるじ》よ」

「いえ……あの、子供が生まれて間もないのに、危険な目にあわせてしまったことを謝りたいです」

村のみんなに謝って回りたいことです。村を守るのが私の役目なのに、結局はみんなに村を守らせてしまいました。

「謝る必要はない、主《あるじ》よ。村は襲われたが、結局はこうして平和な日々を取り戻せている。魔界ではこうはいかなかっただろう」

フェンは本当に気にしていないという様子で私の膝に頭を乗せてきます。はい、もちろん撫でますよ。フェンは撫でてもあまり反応しませんが、気持ちいいところは知っています。

「……それにな、主《あるじ》よ。我は主《あるじ》に仕える身だ。主《あるじ》が謝るというのならば、我も一緒に謝ろう」

「フェン……」

「だから、主《あるじ》が今回のことで責任を感じているのならば、我も一緒に次はどうすればいいのか考えてみる」

いい子ですね。フェンも。思わずぎゅっとしてしまいます。

フェンを抱きしめてもふもふしていると、膝になんだか鋭い感触を覚えます。

シラユキの前脚です。え、痛いです。爪、食い込んでません!?

びっくりしてフェンを離すと、シラユキはフェンの首を甘噛みして引きずっていきます。すごい迫力です。

「ち、違うのだシラユキよ！　話せばわかる！」

焦るフェンはそのまま庭の方へ連れていかれました。

「……シラユキを怒らせてしまいました」

そうですよね。旦那さんが、他種族とはいえ他の女の人に抱かれているのは許容できないですよね。

「そんな深刻なものではないと思うぞ？　子供が生まれ、夫婦だけの時間が少なかったから、少し甘えたいのだろう」

「なんか、経験豊富な感じの物言いですね、アーさん」

「我にも色々あったのだ」

なんか、少しアーさんがかっこつけてます。悪魔たちの恋愛事情……ちょっと気になりますね。

「にしても、いい匂いだな。これはカレーか？」

「知っているんですか？」

「魔界で見かけたことがある。食べるのは初めてだ」

じゃあみんな初めてですね。そろそろ煮込みも終わりましたし、味見してみましょう。

んー！　おいしいです。新鮮な刺激ですね。だけど少々甘みが足りないような？　カブさんの蜜を入れれば……うわ、ばっちりです。

「みんな、できましたよ！」

さぁ、食べましょう！

みんなで一つのテーブルでご飯を食べます。

……いい光景ですね。ここ最近、何度も考えることですが、本当にこんな幸せな生活が送れるとは思いませんでした。

みんなに、感謝ですね。

これからも、みんなでほのぼのと暮らしていきたいものです。もちろん、仕事はほどほどにが一番ですけどね！

外伝　アーさんの成り上がり

ジメジメとした、狭くて暗い部屋。我の最も古い記憶はそこにある。

「おい、起きろ低級ども！　働かねぇやつに食わせる飯はねぇぞ！」

中級悪魔の怒声で目が覚める。周りには我と同じような生まれたばかりの低級悪魔がわらわらと集まっている。

悪魔は、現界の生き物たちの恐怖や恨みの感情から生まれる。

その感情が強ければ強い悪魔が、弱い感情ならば弱い悪魔が生まれてくるというわけだ。

そして、我は低級悪魔として生まれた。

だからこうして、下っ端として扱われている。

「ほら、さっさと働け！」

「ちっ……中級のやつ。今日もいきがりやがって、俺らはそのうち悪魔公《デーモンロード》にまで上り詰めるんだぞ？　今のうちに媚《こ》び売っとけってんだ。なぁ、金瞳《きんめ》の」

我に親しげに話しかけてくるのは、同室の白い羽を持つ悪魔だ。生まれたばかりの低級たちはひとつの部屋に集められ、雑用をさせられるが……その過程でやけに我を構ってきた。

「……聞かれるぞ」

「それがどうしたよ！　俺と金瞳なら中級くらいわけないだろ？」

「我一人で十分だ」

我がそう言うと、白羽《しろはね》はきょとんとしたあと豪快に笑う。

「だははは！　やっぱお前はそうこなくっちゃな！」

「……元気なやつだ」

今日の雑用は……食事の準備か。どうせ大して味もわからないだろうに、中級のやつらときたら手を抜いただの上品さが足りないだの喧《やかま》しいことを言う。

白羽の言う、いきってるというやつか？

適当に肉を切り、味をつけ、焼いて盛り付ける。

「なぁ金瞳の」

「なんだ？」

「お前、絶望的に料理下手だな」

「なんだと!?」

どこがだ！　我の調理は完璧なはず！

「なんだよこれ、黒焦げだろ」

「それこそがこの料理のポイントだ」

「……おい、チビ助」

急に白羽のやつが他の低級悪魔を呼び付ける。そしておもむろに我の料理をそいつの口に突っ込んだ。

「なにするっ⁉　……ごふっ」

チビ助は泡を吹いて倒れた。

「ほらな？」

「……」

よくわからないが、とりあえず白羽のやつにも我の料理を食わせたら喧嘩になって、二人とも中級悪魔のやつにかなり嫌がらせをされた。

そんな雑用の日々の中、我や白羽が楽しみでたまらない日が近づいてくる。

その日は、朝から部屋の中が静かだ。

部屋の多くの低級悪魔が怯え、まるでなにかに祈るようにしている。

まったく情けない。悪魔であれば、こういうときこそ己の存在価値を示すべきだろうに。

白羽のやつは……ああ、相変わらずだな。

「ワクワクしてきたなぁ、金瞳の！　久しぶりの戦《いくさ》だぞ！」

「うるさい白羽。黙って支度しろ」

まったくこいつは……気持ちはわからないわけじゃないが、また中級のやつらに目をつけられても面倒だからな。

しばらく待ったところで、中級のやつが現れる。

「お前ら、準備はできているな！　出ろ！」

移動の契約魔法が限定解除され、低級は外に連れ出される。

なにもない不毛な大地。広がっているのは戦火の光と、凄惨《せいさん》な光景だけ。

「だははは！　久しぶりの外だァァ」

「うるさいぞ低級！　前に送られたいか！」

「はっ、望むところだね！」

……あいつだけはこの不毛な大地に似合わぬ元気さだが。

「な、なぁ金瞳の。俺たち、大丈夫だよなぁ」

「ん？」

白羽と中級がうるさくしている傍《かたわ》らで、同じ部屋の低級悪魔たちが我に話しかけてくる。

これから、我らは戦いの場に送られる。長年続く、悪魔同士の抗争のために。まぁ、我のような低級如《ごと》きにはろくな情報が降りてこないので詳しいことは知らないが。

味方でさえも知っているのは、直属の中級と同じ部屋の低級だけ。誰が大将なのかもわからないし、敵がなんなのかもわからない。

知っていることといえば、敵を倒せば強くなれるということだけ。

「大丈夫か、だと？」

「あ、ああ。だって、俺たち低級だぜ!?　中級とか、上級のやつらなんかが出てきたら！」

「出てきたら、なんだというのだ」

我がそう答えると、低級たちは困った顔をする。

「出てきたら、倒せばいいだろう。どんなに強かろうが、すべて戦って倒す。それこそが悪魔だろう？」

……低級とはいえ、悪魔として生まれたことに違いはない。

戦って、倒して。

戦って、倒して。

戦って、倒して。

その戦いの繰り返しこそが、悪魔だろう。

「金瞳……た、頼む！　俺たちを守ってくれ――」

『戦闘ぉ用意ぃ！』

「来たぜぇ金瞳ぇ！　行くぞほら！」

号令と同時に、あちこちから低級悪魔たちが飛び立つ。そして、敵側も同じようにして大量の悪魔たちがこちらへ向かってくる。

たくさんいるな。いいことだ。倒せば倒すほど我は強くなる。そして上り詰める！

「おいお前ら！　先行しすぎだ！」

「あぁ？　なんだよ中級の。戦いくらい好きにやらせろよ！」

我らが先頭にいることを咎《とが》めに、直属の中級がやってくるが、まぁ聞くわけもない。

「おい、本当にいい加減にしろよ？　お前らの上司は俺だぞ！　低級は中級の言うことを聞いてればいいんだよ！」

「うるせぇよ！　悪魔が他に従ってちゃ終わりだろ！」

「お前……ころ――ぎゃあ⁉」

……ちょうどよく相手の攻撃が始まり、飛んできた魔法で中級悪魔は地上へ落ちていった。

ちょっと可哀想だが……まぁ仕方があるまい。

よし、我もここは張り切っていこう。

「やっちまおうぜ、金瞳！」

「うむ」

体内に魔力をめぐらせる。我はこの感覚を好ましく思う。

「「《黒炎》」」

我と白羽の魔法が同時に発動し、黒い炎が相手の先陣にぶつかる。

「だははは！　見ろよ金瞳！　ぼろぼろ落ちてくぞ！」

「調子に乗るな白羽。何体か抜けてきている」

生き残ったのは中級か？　……こっちよりも中級の割合が多いな。

だが、さっき倒した悪魔の魔力は、我や白羽に蓄積される。すべてではないが、悪魔は悪魔を倒して強くなるというわけだ。

「後ろも追いついてきたぜ」

「よし……ぶつかり合いだ！」

「おうよ！」

ようやく後ろの連中も追いついてきて、悪魔の軍勢同士がぶつかり合う。

ここからは乱戦だな。我も白羽も、魔法だけで戦うわけではない。むしろこの状態になってからこそが本領発揮となる。

目の前に来た低級どもを薙《な》ぎ倒していく。悪いが容赦はしない！

「ぎゃあ!?」

「なんだこいつ！　金――」

「金色の瞳!?　うわぁ！」

我の瞳の色は珍しい。それは名を売ることにも繋がるだろう。

さぁ、これで大体五十は倒したか？　白羽は……元気そうだが、ちょっと前に出すぎだな。あのままだとよくない雰囲気だ。

「白羽！」

「おらぁ！　おうらぁ！　ははは、どんどんかかってこいや――うぉ!?」

「まったく……！」

予想どおり、白羽は中級三体に囲まれる。

「ちょっとやべぇなこれは！　金瞳！」

「待ってろ、今行く」

道中に悪魔は十体。

五秒だな。

「ころ――ぐぎゃ!?」

ひとつ。

味方を押しのけて現れた低級の攻撃を軽くかわして一撃で仕留める。

これでふたつ。

「金瞳！　早く来いって！」

「今行ってる！」

まったく、自分のせいで窮地に陥《おちい》ったというのに、悪魔使いの荒いやつだ。

一気に速度を上げて敵を薙《な》ぎ倒していく。

三つ。四つ。五つ。

「《黒炎》」

まとめて残りの五体も消し炭にし、白羽を囲んでいる中級の一体を殴り飛ばす。

「さすがは金瞳！　けどちょっと時間かかったんじゃねぇのか!?」

「うるさい。来てやったのだから感謝の言葉くらい述べろ！」

無駄口を叩きながら中級を全員倒す。ふぅ、さすがに手強かったな。

だが、数で勝る中級が低級二人に負けるというのはどうなのだ？　情けないというべきか。手柄が増えるのはいいことだが、手応えがないのも面白くはない。

「……物足りねぇな」

「同感だ」

周りは低級ばかり。だが……これは戦争だ。我らのような末端から見ればただの乱戦だが、上位の存在から見れば戦術を駆使した立ち回りが繰り広げられているのだろう。

「見ろよ、金瞳」

白羽の指さす方向には、一際目立つ悪魔の一団がいた。凄まじい魔力を持つ、超級の悪魔たちだ。低級の群れなど、そこらへんに転がる石と同じだと言わんばかりに薙《な》ぎ倒していく様《さま》を見ると、我がいくら活躍しても、やつらから見たらそこらの雑魚《ざこ》と変わらないのではないかと感じる。

……拳を握って魔力を全身にめぐらせる。

「ん？　どうした金瞳」

「……試すとするか」

「なにを……お、おい！　金瞳！　そっちはやべぇって！」

超級悪魔の一団に向かって一気に加速する。くっ、我にとっては全速力だが、これでもギリギリ追いつけるかどうか。

だが、超級の悪魔が向かう先にいるのは、似たような強さの悪魔だろう。一体でもいい。討ち取ることができれば我は一気に成長できるはず。

白羽の声も聞こえないほど、突き進んでいく。

我ならできる。我なら勝てる！

なっ……もう少しというところで、超級のやつらはさらに加速する。

くそ、我もさらに加速して――っ⁉

「低級如《ごと》きが、超級様たちの戦いに絡むなど……」

我の腕を、敵の上級悪魔が掴み取る。しまった、こんなところで……！

「離せ！　《黒え――》」

「ふん！」

っ⁉　なにが起こった⁉

《黒炎》を出す暇もなく我は吹き飛ばされ地面に叩きつけられる。

「今ので死なないときたか。低級とは思えんが……ここで死ね！」

時間がゆっくりと流れている。上級悪魔の攻撃は、我の身体を間違いなく貫くだろう。

ここで死ぬのか、我は。

「死なないよ、アクマさん」

聞こえてきたのは、およそ戦場には似合わない、可憐な声だった。

華奢《きゃしゃ》で、白くて柔らかな肌に、整った顔立ち。

そして、金色の長い髪をたなびかせた女。

「なぜ……人間がいる！」

「なぜっていうのはなかなかに浅い質問だと思わない？　アクマさん」

「なに？」

「だって、目の前にいる事実は変わらないでしょう？　だってもなにもない。目の前の現実を見ればわかることだもの」

金色の人間は微笑みながらもたんたんと言葉を並べていく。その間にも襲いかかってくる悪魔どもを薙《な》ぎ倒しながら。

襲いかかる悪魔はどれもが上級。我では手も足も出なかったというのに、この女は剣の一振りで数体の悪魔を消し飛ばす。

信じられないほどの強さ。我は思わず見入ってしまう。美しさすら感じるほどの強さだ。

「ふぅ。こんなもんかな。それで、アクマさん。怪我はない？」

「あ、あぁ……」

「そっか。それならもう大丈夫そうだね。最後にひとつ、仲間は大事にするように！」

「待て！」

あっという間にその女は目にも留まらぬ速度で移動し、敵の悪魔たちを薙《な》ぎ倒していく。

なんなのだ……一体。

「おい、金瞳！　大丈夫かよ！」

「白羽？」

ポカンとしていると、後ろから複数の羽音と、知った声が聞こえてくる。

白羽と、同じ部屋の悪魔連中か。我を追いかけてきたのか？　無茶をする……いや、無茶をしたのは我か。

「見たか？　白羽」

「あ？　なにをだよ？」

白羽はあの人間の姿を見なかったらしい。他の悪魔も見ていないか……何者だ？　なぜ魔界に人間がいる。

「んなことより金瞳！　動くぞ、ここにいたらやべぇ」

「あ、あぁ。そうだな」

戦場の真っ只中で我らは孤立している。我が突っ込んだせいで、こいつらまで敵陣に来させてしまったからな。

……低級のやつに守ってくれと頼まれたときはなにを馬鹿なことをと思ったが、我は人間に守られてしまった。もうそんなことを言ってはいられないな。

「……我と白羽が倒して倒して倒しまくる。お前たちは弾幕を張りながら死に物狂いでついてこい」

「「「お、おう！」」」

「白羽、一人で突っ込んで悪かった。助かったぞ」

「おお!?　珍しいなぁ、金瞳が謝罪に礼を言うなんてよ！　だはは！」

ふん。次は助けられるような場面にはならん。

「行くぞ！」

「「「おう！」」」

我のかけ声で一斉に仲間たちが飛び立つ。我と白羽はひたすら前だけ見て、比較的戦線の落ち着いている場所へ向かって一直線に突き進む。

魔力はそこまで残っていないが、接近戦を織りまぜながらひたすら敵を倒していく。

身体がよく動く。味方の弾幕のおかげで同時に相手をしなくてはならない数が少ない。おまけに白羽もいるからな。

あの人間の言うとおり、仲間は大事にするもの……なのか？

「もう少し、もう少しだ！」

仲間の誰かが声を上げる。味方が優勢な前線までもう少しというところだが、前線に近づいたおかげでより敵の密度が上がった。

低級悪魔は一撃で倒せるが、中級はそうもいかない。少しずつ速度が遅くなっていく。

まずい、このままだと後ろのやつから呑まれていく。

見捨てれば……我と白羽、あと半分くらいは助かるか？　だが、ここまで来てそうもいかん！

「白羽！　前だけ見て突き進め！」

「あ、おい！　金瞳！」

白羽を行かせて、我は後ろへ向かう。今にも軍勢に呑み込まれそうな味方を助けるために。

「金瞳ぇ……！」

我の姿を見た味方が、ほっとしたような顔をする。

「情けない声を出すな！　前だけ見て突き進め！」

なんとか間に合ったか。

だが、大量の敵悪魔が迫っている。少しでもいい、我が時間を稼ぐ！

「うおおおおお！」

魔力はろくに残っていない。攻撃を止めれば、我はあっという間に囲まれて死んでしまう。

「ここで終われるか！」

残ったなけなしの魔力を使って、中級悪魔を何体か倒す。

……くそ。少しも減った気がしない。

「金瞳」

「なっ、白羽。なんで戻ってきた！」

「他のやつらは前線の向こうまで届けた。あとはお前だけなんだよ！　ほら、さっさと行くぞ！」

白羽に引かれて、我も前線の向こう——戦いが落ち着いている場所へ向かう。

どうやら味方が押しているらしく、前線の向こうではみな一様に休んでいるようだった。

「おう、お前ら戻ったぞ！」

「「「金瞳！」」」

戻った途端、同じ部屋の悪魔たちが嬉しそうな表情で一斉に我に飛びかかってくる。

や、やめろ。我とて無事じゃないんだぞ、そんなに一度に来たら——潰れるわ！

「ええい、離れろ！」

「だはは、なんとかなったなぁ。金瞳」

「……そうだな。死ぬかと思った」

正直、何度も終わったと思ったぞ。我一人なら諦めていただろうが、助けなければならないものがいればそうもいかない。

「我も助かった。仲間というのは大事なものだな」

「え……」

我がそう言うと、周りにいた悪魔たちが絶句して離れていく。

……なんだ、我がそんな台詞《せりふ》を吐くとは思わなかったか？

別にいいだろう、本当にそう思ったのだ。

「金瞳、どうした？　どこか怪我でもしたか？」

「お前まで茶化すな、白羽。本当にそう思ったのだ。これからも我が助けてやるからな、安心しろ」

「だはは、その言い草はいつもの金瞳らしいな」

ふふふ、戦いのあとだというのに、心地よい。

できればこのまま休ませてくれると助かるが……向こうの防衛線がもうじき崩れる。そうなればもう一度突撃の指令が来るだろう。

「魔力をできるだけ回復させておけ。また戦いになる」

「ま、まじかよ……」

「そう怯えるな、固まって互いに助ければなんとかなる」

低級悪魔の集まりとはいえ、二十体近くがまとまって動けばそれなりの脅威になるはず。

問題は消耗が激しいところだが……。周りを見渡すと、中級以上の悪魔たちはなぜか魔力をほとんど消費していない。しかも異様に長く戦い続けている。なぜだ？

少し戦いを眺めていると、中級以上の悪魔たちは戦って倒した悪魔から核を抜き出していることがわかった。

まさか、そこから魔力を補給しているのか？　……あまりやる気にはならないが、背に腹はかえられないか。

一応、共有しておくとしよう。

「まじかよ。そんなことしてんのか」

「あまり褒められた行為ではないだろうが、勝者が得る権利としては間違っていない」

倒した敵から魔力を得られるのなら、戦い続けられる。

『聞けぇ悪魔たち！　敵は足並みを崩し、もはやろくな力は残っていない。勝利は目前だ、足を止めるな、突き進めぇぇぇぇぇぇぇぇ！』

戦場に声が響く。

中級悪魔が忙《せわ》しなく動き回り、下級悪魔たちを前線へ送り出していく。

「我らも行くぞ」

「離れんなよ、お前らァ！」

中級悪魔たちに急かされる前に、前線へ向かう。

前線といっても、落ち着いているところもあれば激しい戦いになっているところもある。

目指すのは……あそこだ！

「お、おい金瞳！　あそこはやばいって！」

「大丈夫だ！」

「くそっ、やっぱり金瞳は金瞳のままかよ！」

喚《わめ》くな、我を信じてついてこい！

激しく戦いを繰り広げ、前線を食い破るようにして進む一団に合流する。

「……あれ？」

仲間の一人が不思議そうな声を出す。

無理もない、先程外から見たときとは打って変わって、合流してしまえばほとんどの敵は倒されていて、味方も多い。

「前線を食い破ったということは、敵が弱く味方が強いということだ。そのぶん、戦いは落ち着いている」

「なるほど……金瞳、ちゃんと考えていたんだな」

失礼な……我はちゃんと考えているぞ。

「とはいえ、前線を食い破られて黙っている敵はいないだろう。すぐに敵が押し寄せてくるぞ」

「ど、どうすんだよ」

「どうする？　決まっているだろう、倒せ！」

守っているばかりではいつか限界が来る。

寄ってくる敵は大して統制が取れておらず、我らのような集団で戦うところに突っ込んできたところで餌《えさ》になるだけだ。

「……ふむ、本当に魔力が回復するな」

倒した敵から魔力を吸収する。白羽もやっているようだな。

「だははは、これなら無限に戦えるぜぇぇぇ！」

無限は言いすぎだろ……とはいえ、あとは気力が持つかどうかの戦いになってきた。

一瞬、上位の悪魔を倒して魔力を吸収すれば、一気に強くなるのではと思ったが、それはこいつらを巻き込むことになる。無理はできん。

「……そろそろ来るか」

「なにがだよ、金瞳」

「今来ていたのは、前線に穴があいたからと慌ててやってきた連中だ。そしてこれから来るのは、本陣から来る統制の取れた部隊のはず」

上級悪魔や超級悪魔が群れを成してやってくる。地獄のような状況になるだろうが……なんとか生き残ってみせよう。

幸いにも魔力はすっかり回復している。それどころか前よりも強いくらいだ。

「来るぞぉ！」

どこからか悲鳴のような声が聞こえてくる。周りを見渡せば、凄まじい勢いで突っ込んでくる一団が見えた。

あれか。

「我と白羽から離れるなよ」

軍勢同士がぶつかり合う。この一瞬でどれほどの悪魔が死んだかはわからないが、我たちもああならないことを願うとしよう。

我たちのところに敵の中級がやってくる。一体ならまだしも、複数体……

魔力を補給していなければ、苦戦しただろうな。

「《黒炎》」

魔力は増えたし、ずっと戦っていたぶん魔力の操作もうまくなっている。少ない魔力消費でできるだけ威力を込めた一撃で向かってきた中級を何体も焼き倒す。

「なんだこの低きゅ――ぎゃあ⁉」

「金瞳だ。塵《ちり》になる前に覚えておけ」

残った中級は近接戦で仕留める。一対一ならもう負けん。

「強すぎじゃねぇか？　金瞳。おまえもう中級悪魔だろ」

「いや、中級になったのなら進化として劇的な変化が起きるはずだ」

これはただ単に強化されただけ……だと思うが。低級悪魔のまま強くなれる限界までいって、進化した方が強くなれるのか？

「まぁいい。今は薙《な》ぎ倒すだけ――⁉」

こちらの軍勢の先頭、そこから凄まじい強さの魔力を感じた。他の者も同様なのか、敵味方関係なく、あたりにいたすべての悪魔の手が止まる。

「なんだよおい……あの魔力……」

白羽も驚きの声を上げるが……我はあの魔力に覚えがある。

この魔力は、あの人間の女のものだ。

あの人間の一撃で、勝負は決した。元々なんの戦いなのかもわからないがな。


我たちがいる陣営が勝ったことで、なにやらだいぶ力を得たらしく、あの戦いで活躍した悪魔には、低級といえどもある程度の褒賞が与えられることとなった。

その結果、我たちは《白金部隊《はっきん》》という名前を与えられ、新たに生まれたばかりの低級たちを加えて百体近い大所帯となった。

無論、指揮をとるのは我で、白羽が補佐という形になっている。

生まれたばかりの低級たちを戦えるように育てることには苦労しているが……まぁそういうのは白羽がうまくやるだろう。

「おい、俺に押し付けるな！　まじで大変なんだぞ！」

「ああ、ガンバレ」

「棒読みやめろ！　あぁもう、少しは手伝えよ！　戦闘準備って大変なんだぞ！」

生まれたばかり、ということは精神が育ち切っていないのが多いということだ。我や白羽は生まれたときから精神が育っていたが、大抵の悪魔はそうではない。

だから、かなり白羽は苦労している。それでも白羽は懐かれているし、なんだかんだでうまく仕事をこなしている。

我は部隊を預かるものとして、中級悪魔として扱われるようになった。実際はなっていないのだがな。

上級悪魔が上司ということになるが……まぁそこまで関与はしてこない。所詮《しょせん》は悪魔だ、基本的に他者に興味がないし、社会性もない。

「あの人間は一体なんだ？」

中級悪魔としての地位では大した情報は得られなかった。

得られたのは、我が所属しているのが、《心の悪魔》という凄まじい力を持った悪魔が率いる陣営であるということ。

その悪魔はこの魔界を支配しようとしているということ。そして、その目標は最近代替わりした魔王とやらに阻まれそうだということ。

他にも《九目《くめ》の悪魔》、《肉の悪魔》、《悪魔王》などの強力な悪魔たちとの争いもある……らしい。

「規模が多すぎて実感が湧かん。そんなことよりもあの人間について知りたいというのに」

あの人間のことを知るには、中級じゃあ足りないのだろう。上級？　超級？　どこまでいけばあの人間について知ることができるのかはわからないが……敵を倒し続けて成り上がるしかない。

「金瞳、準備終わったぞ」

「うむ」

「うむじゃねぇよ、ほんとに……まぁ俺はお前みたいに頭を使う仕事は好きじゃねぇし、中級どもの会合とか反吐《へど》が出そうだから、文句はねぇけどな！」

いや、文句言いまくりだと思うのだが。まぁ得手不得手というものだな。我は我の仕事を、白羽は白羽の仕事をというわけだ。

白金部隊に与えられた仕事は、敵を倒せという単純かつなんの捻《ひね》りもないもの。だからこそ、やりやすい。

「……いいか、我たちの仕事は、ただひたすらに敵を倒すことだ」

生まれたばかりの低級たちはみな不安そうに我と白羽を見てくる。無理もない、これから死ぬかもしれないのだからな。

「敵を倒して、魔力を得る。その魔力でさらに敵を倒す。言葉では簡単だが、実際は死との隣り合わせだ。だが、お前たちは味方と隣り合わせでもある。死に引っ張られるな。そして、死に引かれる味方を力業《ちからわざ》で引きずり上げろ。全員、生きて帰るぞ！」

「「「おう！」」」

我に合わせて、白金部隊の声が揃う。

うむ、ちゃんと育っているな。これなら大丈夫だろう。

「すっかり指揮官だな、金瞳」

「お前こそ。やつらを見る目が優しいぞ」

「はぁ？　なに恥ずかしいこと言ってやがる」

誰か一人でも死ねば、白羽も我も苦しむだろう。だからこそ、力のある我たちでやってくる悪魔たちを押しのける。

「行くぞ！」

一斉に飛び上がって戦場に向かう。しばらく飛んだところで、多くの悪魔たちが合流して軍勢となる。

「遅れてねぇか！　おい、そこのやつ少しペース落とせ！」

白金部隊のことを気にかける白羽。一方で我は前方の黒い塊《かたまり》を見つめる。

「……見えてきたぞ、白羽」

「あ？」

前方に敵の軍勢が見えてくる。

「……多いな。こっちの三倍はいるか？」

「いや、五倍はいるな。《肉の悪魔》は自らの魔力を使って大量の軍勢を作り出すと聞いてはいたが……ここまでとはな」

これは……なかなか厳しい戦いになりそうだが、そのぶん力も得やすい。

この戦いで名実ともに中級になってみせる。

『突撃ぃぃぃぃぃ！』

作戦もなにもない、単純な突撃の合図で、こちらの軍勢は一斉に戦いを始める。

「いいか、絶対に離れるなよ！」

「金瞳の言うとおりだぞ！　とはいえ……溜まった鬱憤《うっぷん》を晴らさなきゃなぁ！　やるぞ金瞳！」

白羽はもうやりたくてたまらないらしい。まぁ我もだがな。しばらく戦いから離れていたので、魔力は溜まりに溜まっている。

「いくぞ、白羽」

「おう！」

「「《黒炎》！」」

巨大な黒い炎の塊《かたまり》が、《肉の悪魔》の軍勢に突っ込んでいく。大量の低級悪魔たちを巻き込んで、黒い炎が弾け飛ぶ。

その瞬間、我の身体に変化が現れた。

「む⁉」

「おお⁉」

白羽も同じような現象が起きたようだ。

身体の奥、核となる部分から大量の魔力が溢《あふ》れてくる。身体はより強固になり、魔力が身体の隅々まで満ちていくこの感覚。

「これが進化か……」

思っていた以上の強さだ。中級でこれほどとは……

いや、もしかして我と白羽は生まれた時点で中級だったのか？　だから他の低級と比べると格段に強かったという方が納得がいく。

「これで中級か、やったぜ！」

「いや、上級だ。白羽」

白羽に説明する。

「どうやら、我と白羽は上級悪魔へと進化したようだ」

「がはは！　ちょっと予定と違うけどなぁ。まぁお前ら！　上級様についてこいやぁぁぁぁぁあ！」

白羽は気分が高揚しているのか、軍勢に突っ込んでいく。上級となった今なら、本気を出せばみんながついてこられないとわかっていて、少し速度を抑えて突っ込んでいるのが白羽らしい。

……我も行くとするか。この戦場にあの人間はいない。少し残念ではあるが……上級の力、見せてくれる！

「だははは！　弱い、弱いぜぇ！」

「同感だな、ここまでの差ができるとは思わなかった」

全員を守りながら戦うのは難しいと思っていたが、上級になった我と白羽の力は想像以上だ。

一撃で複数体の悪魔が消し飛んでいく。中級悪魔も一撃……ふむ、これなら上級とも余裕をもって戦えるな。

「おい金瞳。来やがったぜ」

白羽が味方の悪魔たちに警戒を促す。我たちがあけた前線の穴を塞ぎに、敵の中でも一番の精鋭部隊が突っ込んできたらしい。

魔力の反応からすると……中級が五百近く、上級が二十といったところか？

ここにいるのは白金部隊だけではないとはいえ、だいぶ苦しい戦力差だな。

「逃げるか？」

「いや、逃げたところでこの穴が塞がれば前線はもう維持できん。元々の戦力差をひっくり返すためには、ここであの部隊を蹴散らして、内部を食い荒らすしかない」

つまり、ここがこの戦いの結末を決める場所ということだ。

「全員、よく聞け。今から挑む戦いは死と隣り合わせどころか片足が呑み込まれるほどのものになるはずだ。だが、そのぶん敵を倒して得られる強さはこれまでの比じゃない。死ぬ気で倒せ、そして全員が進化して帰るぞ！」

「「「おう！」」」

士気を高めて、こちらから仕掛ける。

ぐっ……さすがに敵の中でも精鋭部隊。一筋縄ではいかないか。

「だはは、大丈夫かよ、金瞳！」

「人の心配をしている場合か！」

白羽と我で、できるだけ後方にいる白金部隊に向かう敵を減らさなければならない。我らは休む暇なく攻撃を加え続ける。

「金瞳。これ以上はやらせん！」

中級の合間を縫って上級が突っ込んでくる。

「わざわざしゃべりながらとは！　律儀なものだな！　《黒炎》！」

声を上げながら来てくれたからな、早めに対応できる。

以前は上級に手も足も出なかったが……今なら余裕をもって戦える。

魔法で怯んだところを接近戦でしとめ、核を抜き出して魔力を回復する。

さすがは上級。魔力の回復力がそれまでの敵とは比べものにならないな。

白羽も……大丈夫そうだな。部隊の方も、なんとか誰も脱落せずに戦えているようだ。部隊のほとんどは低級だが、敵は中級。力の差があるぶん、戦って得られる魔力でこっちはどんどん強くなるというわけだ。

これは、勝ったな——っ!?

片腕に激痛が走る。

あれは、我の腕か？　もぎ取られた？　いや、ちぎり取られたのか？

すぐさま魔力の反応から敵の位置を炙《あぶ》り出す。凄まじい速度で移動する巨大な魔力の反応。

上級とは比べ物にならないほどの強さ。

超級悪魔か……いや、なんだ？　その姿は。

巨大な鳥の翼を携《たずさ》えた、悪魔とはまったく似つかわしくない光輪を頭上に宿した存在。

まさか……なぜ、天使がここに？

「金瞳！」

「来るな、白羽！　部隊は任せたぞ！」

我がそう言った直後、天使は凄まじい勢いで我に突っ込んでくる。

ふふふ、そうだな。初撃をかわせなかった相手に躊躇《ちゅうちょ》することはない。二度目は命を取りにいく。我でもそうする……だが、わかっていれば止められるぞ？

「……あ？」

「少し付き合ってもらうぞ、天使！」

天使の腕を掴んで、一気に地上に降りる。素早さでは負けるが、力勝負なら勝てるようだ。

「なぜ天使がここに？」

「《肉の悪魔》に頼まれた。別に私は悪魔だろうが人間だろうが大した差は感じないからな。戦えればそれでいい」

……悪魔みたいな天使だな。我が知る天使の様子とはかけ離れている。

「私の名前はアラエル。私を地に降ろしたお前の名を聞いてやろう」

「名はない」

「……悪魔はこれだから。まぁいい、やるぞ」

悪魔は名を持たない。よほどのことがない限りはな。

天使と戦うとは、予定と違うが……こいつがこの戦場で一番強い。

我がここで負ければ、被害はかなり大きくなるだろう。

向こうは素早さで勝負に来る。

それに反応できれば、我の勝ちだ。

「……いくぞ、悪魔ぁ！」

視界から天使の姿が消える。

元より、目で追うことは無理だと知っていた。

やつが狙うのは、悪魔の心臓ともいえる核の部分。狙う場所がわかっているのならば……！

「ここだ！」

「ぐぁ⁉」

我の拳が、天使をきれいに捉える。《黒炎》を乗せた一撃は天使の片方の翼を焼いた。

「ぐぁぁ⁉」

「……もういいだろう。悪魔同士の戦いを邪魔してくれるな」

「お、おい待てよ！」

なぜかはわからないが、とどめを刺す気にはならなかった。

翼を焼かれた天使よりも、腕などすぐに再生する我の方が有利だが……とどめを刺すとなれば時間がかかる。その間に白金部隊が呑み込まれるかもしれん。

「お、おお！　金瞳！」

「大丈夫か、白羽」

「おう。なんとか敵の精鋭部隊は全滅させた。あとは殲滅戦《せんめつせん》だな」

全滅⁉

どうやら、我がいない間に、相当倒したらしい。

白金部隊、全員が中級になっているな……

「どうする？　殲滅戦《せんめつせん》なんて面倒だよな」

「……戦意がないものと戦っても意味がない。白金部隊、帰るぞ！」

《肉の悪魔》の軍勢との戦いを経て、白金部隊はさらに戦力を増強された。

どうやら、あの天使は《肉の悪魔》側に参加して、事あるごとにこちらに被害を与える悩みの種だったらしい。その戦績と、白金部隊が多くの格上を倒したことが評価された。

結果、すでにあったいくつかの部隊を吸収して、三百体近い悪魔からなる大部隊となった。

上級は我と白羽、そして新たに加わった赤爪《あかつめ》と呼ばれる悪魔がいる。

あとは、元からの白金部隊だった中級たちと、低級悪魔だ。

「くふふ。まさに成り上がりの道中にいる白金部隊に参加できて光栄の至り。まさに天から与えられし――」

「喧《やかま》しい、赤爪」

「……申し訳ありません」

赤爪は一を伝えるのに十しゃべるタイプで、最初は耐えていたが、だんだんと面倒になってきて、みんな少し冷たい。

実力はある。白羽と同じくらいの強さだ。

そして……我が上級になったことで、陣営の中でもそれなりの地位を手にすることができた。

新たにわかったことは、この陣営の主である《心の悪魔》はそろそろ他の有力な悪魔たちを一掃するつもりでいるらしい。

そのために、自分の魔力を使って大量の悪魔を生み出しているようだ。

だが、それは他の有力悪魔もやっている。一掃するといっても、かなり厳しい戦いになるだろう。

だが、上層部ですらその存在を正確には認識していない切り札があるらしい。

これまでも、その切り札は何度も戦場に出てきているらしいが、上層部の悪魔たちは誰一人として確認できていないという。

……おそらくだが、切り札とはあの人間だ。戦場を変えるほどの強さを持っているとなれば、超級や上級をも簡単に倒すあの人間のことに間違いない。

だが、そうだとしたら、なぜ誰も存在を確認していない？

隠している様子はなかった。我の前にも平然と姿を見せていたし……どういうことだ？

考えても、我が得られる情報ではこれ以上のことはわからない。

超級や、その上である帝級まで進化することができれば違うのか？

上級になってからしばらく経つが……情報を得るためには強くなるしかないということか。

白金部隊に今回の会合のことを報告しなければならない。あの人間を探したいところではあるが、今の我には色々と責任と仕事がある。

「悩んでも仕方がないか」

「なにがだよ、金瞳。それよりも、次の戦いは決まったのか!?」

「そう急かすな白羽。次の戦いはかなり大きい……!?」

あたりに一気に緊張が走る。

強力な魔力の反応がいきなり大量に湧いて出ただと⁉

「は、はぁ⁉　なんだよこれ！」

「白羽、赤爪。すぐさま戦闘態勢を部隊にとらせろ！　我は時間を稼ぎつつなにが起こったのかを調べる！」

白羽と赤爪に指示を出して、我は上空へ上がる。

……なんなのだ、これは。《心の悪魔》の領土を囲むようにして、大量の悪魔が空を飛んでいる。

空を埋め尽くすほどの大群だと……しかも全方向からとなれば、考えられるのは――

「《肉の悪魔》、《九目の悪魔》、《悪魔王》が手でも組んだか？　名だたる大悪魔が徒党を組むとは……悪魔としてのプライドはないのか？」

ふっ、やつらよほど我らの軍勢が怖かったと見える。

とはいったものの……楽観視できるほどの余裕はないな。

白金部隊の位置する場所は、こちらの軍勢の本陣に程近い。ここからあれほどの軍勢が見えるということは、こちらの軍勢の縄張りの端は既に制圧されているということ。

どれだけの悪魔がやられたのか……少なく見積っても二割はやられているな。

「おい金瞳、準備が整ったぜ！」

「ああ」

「……やばそうか？」

「この前の戦いの比ではない戦力差だな。だが……だからこそここで力を手に入れる」

うむ、部隊の準備もできたようだな。眼下を飛ぶ悪魔たちにも聞こえるように声を張り上げる。

「よく聞け。いま、他の有力な悪魔がこぞって我らを攻めてきている。だが、逆にこちらが勝てば、即《すなわ》ちそれは我が軍勢が魔界を支配したも同然ということだ」

少し大袈裟《おおげさ》で、色々なところに目をつぶっての発言ではあるが、士気が下がるようなことは言うべきではないだろう。

「決戦だ。我から言うことはひとつ。すべてを倒せ。悪魔らしくな」

仰々《ぎょうぎょう》しいことを言うよりも、こういうときは手短《てみじか》な方がいいだろう。悪魔らしく戦うことが大事だ。

細かい戦い方は、きちんと訓練している。我が決めなければならないのは、今からどこに向かうかということだ。

無闇に突っ込むわけにはいかない。

我が攻める側であれば、どう攻撃する？　波状《はじょう》攻撃は時間がかかる。しかも普段は敵同士の悪魔が足並みを揃えるのは難しい……そうなれば、目指すのはここだ。

「本陣に向かうぞ。そこに来るのは敵の本隊だ。それを壊滅させれば、勝機がある。行くぞ！」

我の合図で、一気に白金部隊は動き始める。

本陣との距離は近い。体力を消費する心配はないはずだ。

……本陣には敵の本隊が来る。ということはこっちも最大戦力を投入するはずだ。

ならば、そこにいるはずだ。あの人間が。

「見えてきたな……」

「ありゃあやばそうだぜ、金瞳」

「弱音ですか？　白羽さん」

「は？　んなわけねぇだろ、赤爪。お前こそビビって逃げんじゃねぇぞ！」

赤爪も白羽も、部隊の雰囲気を変えようとしてか軽口を叩き合う。無理もない、本陣には凄まじい数の悪魔が集まっている。

そのほとんどが敵だ。

どこから入ったものか……ん？

悪魔に囲まれた本陣の内部から、凄まじい魔力の高まりを感じる。この感覚は、あのときと同じ。あの人間だ。

魔力の高まりが止まったと同時に、あたりを白銀に染める真っ白な雷が敵悪魔の一団に大穴をあける。

「うぉぉ!?　なんだよ今の！」

「今しかない、あの穴に飛び込むぞ！」

あの人間のもとに行きたいというのもあるが、あの穴に入る以外に本陣にたどり着く方法がないのも事実だ。

すぐに穴は塞がりそうになるが、我と白羽、赤爪を先頭に突き進んでいく。

「白羽、赤爪。合わせろ！」

「おう！」

「わかりましたよ！」

「「《黒炎》！」」

合わせ技の魔法で、穴が塞がり切る前になんとか本陣へ抜ける
本陣は、巨大な城のようなものがあり、こちらの軍勢の悪魔が内部に立てこもって必死に抵抗している。

だが……今はなんとか維持していても、魔力はそのうちなくなる。

近接戦になったら数の暴力で負けるだけだ。どこかで押し返さねば……！

この状況を許しているということは、《心の悪魔》も、超級悪魔たちも大したあてにはならない。

この状況を打開できるとすれば……

「おい、またあれが来るぞ！」

巨大な魔力の反応。あそこに行くしかない。

白金部隊を連れて、巨大な魔力の発生源である、城で一番高い場所へ向かう。

そこには、あのときのように金色の髪をたなびかせる、この戦場には不釣り合いな美しい人間がいた。

「また会ったな、人間」

「あのときの……アクマさん？　私がわかるの？」

「わからないわけないだろう。魔界で人間を見て、覚えていないはずがない」

「そっか。そうなんだ、君は《心の悪魔》に作られたわけじゃないんだね」

作られた？　どういうことだ？　人間は、我が人間のことを覚えていることによほど驚いたのか、戦場とは思えない間の抜けた顔をする。

だが、すぐに表情を戻し、我の後ろを指さす。

「……なんだ？」

後ろには、白金部隊がいる。いるのだが……なぜか白羽と我以外の全員が、時が止まったかのように静止している。

「《心の悪魔》は、自分の作った悪魔には私の姿を見えないようにするんだよ。自分の軍で一番強いのが人間だなんて、ばれたら面倒だからね」

「……我と白羽はそうではないと？」

「そうみたいだね。身に覚えはない？　他の悪魔とは、自分たちは違うなと思ったことは？」

我も白羽も、生まれたときから他の悪魔よりも飛び抜けた強さを持っていた。

他の悪魔と比べて、生活に豊かさを求めることもあったし、仲間意識も他の悪魔とはどこかズレていた。

「あるみたいだね。自然から生まれた悪魔は強力で、知性も、感性も、普通の人間と変わらない。だから、人間みたいに醜《みにく》い戦争もできる。まったく酷い話だね」

「……なぜ、《心の悪魔》に従う？」

「契約魔法だよ。魔界に来るときに結ばされたんだ。戦争に参加なんてしたくないけど、《心の悪魔》を守らないといけない契約だからね」

契約魔法か。……そうか。

不思議なものだ。悪魔として生まれた我のことを、人間から教えてもらうとはな。

「……アクマさんは？ 《心の悪魔》に従うのはなんで？」

「人間、お前にもう一度会うためだ。まぁ、我がいなきゃ部隊のやつらは死ぬ。それを防ぐためでもあるが」

この人間に会って、真実を知りたい。それが一番の理由だろう。

そのためには《心の悪魔》の軍勢の中で地位を得なければならなかった。

もちろん、白羽や赤爪、白金部隊の悪魔たちは、もう見捨てることのできない存在だが。

「私に会うため？ ほんとに？」

「ああ」

「ああって……。あは、あはははははは！ アクマさん、本気？ 魔界に来てから初めてこんなに笑ったよ。あはははは！」

人間は、大きく声を上げて笑う。

「はぁ……涙が出るよ。そっか、私に会いに来てくれたんだ。嬉しいよ、悪魔にも、そんな風に思ってくれる人がいるなんてね」

人間はひとしきり笑ったあと、涙を拭いながら我に笑顔を向けてくる。

初めてきちんとした会話をしているが……人間という存在は、悪魔と似ているな。

「それで？　私に会えたけど、《心の悪魔》に従い続ける？」

「……いや、従う理由はないな。だが、やるべきことはできた」

白羽と白金部隊を巻き込むことにはなるが……どちらにせよ生き残るためにはこれしかないだろう。

「《心の悪魔》を倒す。そして、この戦いにも勝って生き延びる」

「それって……私と、君の部隊のため？」

「うむ。我が気にしているすべての存在が生き残るためだ」

「あはは！　ホントに変わってるよ。アクマさん。けどいいね、私も手伝うよ。なんてったって、《心の悪魔》が倒されれば、私は自由に魔界を見て回れるからね！」

人間はころころと表情を変える。あまり表情というものに馴染《なじ》みがない悪魔にとっては、珍しいものを見ている気分になる。

「白羽、巻き込んでいいか？」

「ダメなわけねぇだろ。俺はお前についていくって決めてんだよ。こいつらも、自由になれて、生き残れるっていうんなら全部解決だろ？」

「ありがとう、白羽」

「礼なんて言うなよ。金瞳。それで？　策はあんのか？」

もちろん。

《心の悪魔》を倒し、この戦争から生き延びるための策がある。

それは……

本陣の最も高いところから、いくつもの光の筋が放たれ、本陣を囲む悪魔たちに大穴をあけていく。

「すげぇな本当に……だけどよ、あんなに連発して大丈夫なのか？」

「本人が大丈夫と言うのだから、任せるしかあるまい」

人間には無理をさせてしまうことになるが、本人の希望もあるのだ。頑張ってもらうしかない。

人間があけてくれた穴に白金部隊は突撃して、塞がる前に離脱する。それを繰り返すことでジワジワと悪魔たちの足並みを崩していく。

敵の大将がこのあたりにいるなら、そんな風にちまちまとした抵抗を許すはずがない。一気に勝負をつけに来るはず。

そうすれば、《心の悪魔》のもとに敵の大将が集まる。そこで《心の悪魔》も、敵の大将どももも、軒並み倒してしまえばいい。

雑な作戦だが……もうそれくらいしか手がない。そもそもこの状況から生きて帰るだけで難しいのだ。さらにあの人間も助けるとなれば、不可能に近いのは当然。

問題は……我らの強さだ。

「戦いまくって決戦までに強くなる。わりとめちゃくちゃな作戦だけど、いけんのかよ？」

「なんだ、弱腰だな、白羽」

「んなわけねぇだろ、やってやるよ！」

このままではあの人間の足元にも及ばない。だから、敵の大将が痺れを切らして突っ込んでくる前に、強くならなければ。

倒して。

倒して。

倒しまくる。

「雑魚《ざこ》は捨ておけ。狙うのは上級と超級だ」

「「おう！」」

白金部隊の連中は人間のことがわかっていない。《心の悪魔》に作られた悪魔は、あの人間のことを認識できない。

だから細かい作戦は伝えていないが、我のことを信じてついてきてくれている。

「おらおらおら！　そんなもんかよ⁉」

人間の一撃が加えられたあとだから、敵は慌てふためいてろくな組織的抵抗ができないようだ。

素早く状況を判断して、我たちを攻撃してくる上級や超級を、我と白羽、赤爪を中心に倒していく。

少しずつ強くなってはいるが……このままではダメだな。間に合わん。

「白羽、赤爪。少し時間を稼いでくれ」

「お？　わかったぜ。なにかやるんだろ？」

「ああ」

今持っているすべての魔力を、この一撃に込める。狙うのは……一際強い魔力が集まっている場所。おそらく超級が集まっているのだと思うが、あそこを攻撃できれば、一気に力が増す。

遠距離でも核から力を得られるのかはわからないが、おそらくあの人間はそれをやっているのだろうからな。

我にできない道理はない。

「《黒炎》」

黒い炎の塊《かたまり》が、うねりを上げて悪魔を焼き滅《ほろ》ぼしていく。

だが超級悪魔たちもそれに気づいたのか、我の攻撃範囲から遠ざかろうと動き始めた。

だが、逃げる先では白雷の一撃が放たれる。

人間か。いい援護だ。

逃げる先を潰された超級悪魔たちは、我の魔法に呑み込まれていく。

お、おおお!?

凄まじい力が我に流れ込んでくる。

身体の奥、核となる部分から大量の魔力が溢《あふ》れてくる。身体はより強固になり、魔力が身体の隅々まで結びついていくこの感覚。

二度目の進化か。

「なったぞ、白羽」

「超級か？」

うむ。これが超級だ。おそらくだが、我と白羽は《心の悪魔》に作られた悪魔たちに比べて、一段階上の強さを持っているのだと思う。

つまり、超級になった我は、作られた帝級悪魔と同等の強さを持っているということだ。

「これだけの力があれば……戦えるだろう」

《九目の悪魔》、《肉の悪魔》、《悪魔王》と戦うとなれば、どれほど強くても足りるものではない。

だが、これだけの力があればある程度戦いにはなるはずだ。これ以上の強さを求める時間はもうない。

少し前から、とてつもなく大きい三つの魔力が城の中を目指して動き始めている。

「あれを追うぞ。後ろが呑み込まれないように頼むぞ」

我たちも城の中へ向かう。人間の攻撃もやんだところを見ると、《心の悪魔》の指示が変わったのだろう。

人間は、間違いなく大将との戦いに駆り出される。だが、そうなれば我は《心の悪魔》を狙えるはずだ。

普通に《心の悪魔》を狙えば、おそらく守れと指示された人間と我が戦うことになるが。

人間に守らせる余裕がない状態を作れるのは今しかない。

「見えたな。あれが《九目の悪魔》、《肉の悪魔》、《悪魔王》だ」

強大な魔力を放つ三体の悪魔に向かい合うようにして、人間と一体の悪魔がいる。

人間は、一体の悪魔を守るようにして武器を構える。

人間は雷をまとい、三体の悪魔を超える凄まじい魔力を放出した。

「悪魔が……人間にその身を守らせるとは。尊厳をなくしたか？　それとも、己こそがすべてを支配しているという愚かな傲慢《ごうまん》さか？　《心の悪魔》よ」

「どれでもないさ、《悪魔王》。君こそ、《九目の悪魔》と《肉の悪魔》と手を組むなんて……その山より高いプライドをようやく捨てる気になったのかい？」

《悪魔王》と、《心の悪魔》の会話が続く。おだやかな声色だが、絶えず凄まじい魔力を放出し合っている。我は超級になったから耐えられるが……白金部隊の面々はかなり厳しいな。

「白羽、部隊を連れて城の外で待っていろ」

「は、はぁ!?　なに言ってるんだよ金瞳！　ここまで来たのに、ついていかないわけねぇだろ？」

白羽の言い分はもっともだ。だが、このまま《心の悪魔》の討伐につれていけば、部隊が壊滅することは間違いない。

「白羽」

「……足手まといなのはわかってる。だけどよぉ、お前を置いていけるわけねぇだろ！」

「誰が置いていけと言った。我は待っていろと言ったのだ。なにせ、あの悪魔どもを倒してここを出る頃には、我と人間はボロボロだろうからな」

だからこそ城の外で信頼できる者たちに待っていていてほしいのだ。

「——そういうことなら、俺たちが待っててやるよ。金瞳一人じゃ帰れねぇだろうからな！」

「うむ。頼んだぞ」

すまん、白羽。嫌な役目を押し付けた……だが、白羽が待っていてくれるのであれば、我も絶対に生きて帰らねばならん。

「死ぬなよ、金瞳」

「ああ。白は——っ!?」

白羽を送り出そうとした瞬間、爆音とともに凄まじい衝撃波が我たちの身体を押し出そうとした。

悪魔の行く末を決める戦いが始まったか。

白羽たちを魔力で軽く押し、城の外へいち早く出す。

戦況は……人間が三体の悪魔を相手に互角の戦いを繰り広げている。

「《白雷》！」

人間の声とともに、城の広間が真っ白に染まる。次の瞬間、城自体が内部から爆発するようにして吹き飛んだ。

ぐぅ……とっさに魔力で壁を作ったからなんとか無傷で済んだが、超級になる前では厳しかったな。

雷に包まれ、悪魔たちに武器を向ける人間と、目が合う。

一瞬、微笑んだかと思えば、次の瞬間、人間は《悪魔王》に接近して強烈な一撃を与える。

強い。超級になった我でも、あの人間には敵わない。いや、それよりも、今我がするべきは……

いた、人間と悪魔の戦いを優雅に眺める《心の悪魔》が。

あれを倒せば、人間は解放される。そして我と人間で協力してやつらを倒し、この戦いを終わらせるのだ。

勝負は一瞬で決める。身体に全身全霊の魔力をめぐらせて、まだこちらに気づいていない《心の悪魔》に向かって一気に距離を詰める。

「ははは、いいねぇ人間。僕に心を握られて、嫌々ながらも戦いに身を投じる姿を見るのはとてもいい気持ちになれ――」

「心を返してもらうぞ」

完全な不意打ちが《心の悪魔》の半身を吹き飛ばす。

「ぐあっ!? なんだい君は!?」

「金瞳だ。死んでもらうぞ、《心の悪魔》!」

次の一撃で仕留めるつもりだったが、そこまで甘くはないようで、《心の悪魔》は半身を失いながらも凄まじい反撃を繰り出してくる。

「よくも、僕の身体を吹き飛ばしてくれたね。けど、君……作られた悪魔じゃないのかい? 超級なんだろうけど、僕と戦えるなんて異常だ」

《心の悪魔》は話しかけてくるが、我にはその余裕がない。半身を失っているのに互角とは……!

こうして戦っている間にも、人間と悪魔たちの戦いは激化している。そして、人間の魔力が少しずつ減っているのも感じ取れる。

「強いとはいえ……超級如《ごと》きが邪魔をするんじゃないよ！　何千年に渡る遊びの決着がつくというのに……」

「遊び、だとっ⁉」

「そうさ。娯楽のない生活の中で、唯一の遊びがこの戦争さ！　長々と遊んだけど、そろそろ同じ遊び相手にも飽きてきたからね……やつらには退場してもらうのさ！　もちろん、君もね！」

《心の悪魔》の攻撃がよりいっそう激しくなる。ぐっ、一瞬でも攻撃を捌《さば》く手順を間違えば死ぬ。なんとか勝機を見つけるしかない、どこだ？　どこから勝てる⁉

勝ち筋を求めてもがき続ける、だが、力の差は気合いだけで埋まることはない。我の眼前が、《心の悪魔》の魔法で埋まり……

「《白雷》！」

「っ⁉」

《心の悪魔》が人間の魔法によってかき消される。そんな、我のことを助けられるはずがないのだぞ⁉

人間の方を見れば、我と人間の間に、下半身を吹き飛ばされた《肉の悪魔》がいた。まさか、流れ弾が当たるように誘導し、間接的に我を助けたのか⁉

「まさか、僕の支配が外れたのか⁉」

「それは今から起こることだ。《黒炎》！」

人間に気を取られ、動揺した《心の悪魔》を黒い炎で包み込む。

空間が歪むほどの絶叫とともに《心の悪魔》は滅《ほろ》び、我の身体にとんでもない魔力が流れ込んでくる。

「やった、やったぞ、人間……!?」

人間を助けようとした瞬間、《九目の悪魔》の魔眼によって人間の動きが止まる。そして、《悪魔王》と《肉の悪魔》の攻撃が、人間の身体を抉り飛ばした。

「アクマ……さん」

「……人間！」

すぐさま人間を受け止めるが、身体の再生が始まる様子はない。

なぜだ!?　まだ魔力はあるはず。なぜ再生が始まらない!?

「アクマさん……逃げて？」

「なにを馬鹿なことを。大丈夫だ、身体を再生させていろ。我がやつらを倒す」

今の我ならできるはずだ。

「ううん。再生はできないよ、悪魔じゃないからね。そして、やつらを倒すのは私の役目」

なにを言っている……？　再生ができない？

「残った魔力と、私の命すべてを使えば……」

人間の魔力が凝縮されていく。そして、人間の存在もまた、薄れていく。

「神剣《雷《いかずち》》」

小さく、人間は呟く。そして振り抜かれた一撃は《肉の悪魔》、《悪魔王》、《九目の悪魔》を粉々に消し飛ばした。

「どう……？　アクマさん。きれいだった……で……しょ？」

「人間！」

倒れ込む人間が、《悪魔王》どもの魔力を吸収している様子はない。

「人間、なぜだ、ともに逃げると言っただろう！」

「そう……だね。アクマさん。だけど、私は満足だよ、私のことを知ってくれたアクマさんがいる……ならね」

「ふざけるな！」

頼む、どうにかする方法はないのか⁉

あたりを見渡してもなにもない。悪魔どもは、大将を失ったことで力も統率も失っている。

「アクマさん……そこにいる？」

「いるぞ。ここにいるだろう？」

なぜ、抱えているというのにそんなことを聞くのだ。

「そっか……もう、目も、見えないや。アクマさん、最後のお願い、聞いてくれる？」

「……なんだ？」

「私の名前と、力をあなたにあげる。私の名前はね……ミリア。ミリア・グレアム」

「ミリア・グレアムだな」

「そう、そうだよ。ちゃんと……覚えていてね……アクマ……さん……」

人間の身体から、魔力が失われていく。そして、我の身体へとその魔力は流れ込んできた。

どれくらいの、時が経っただろうか。我はひたすら、その場で人間の身体を抱え続けていた。

「金瞳」

いつの間にかそばに白羽がいた。

「……」

「金瞳。そいつはもう……」

「わかっている。わかっているのだ」

いつまでもこうしてはいられない。我は、この人間を覚え続けて、生きていかねばならないのだから。

人間の身体を地面に置いて、魔法を発動させる。

「《黒雷》」

真っ黒な雷を。

……魔界で人間の遺体を残しては、どうなるかわかったものじゃない。雷によってなにもなくなった地面に深い寂しさを感じながら、見知った気配へと振り返る。

「……待っていてくれて感謝するぞ、白羽」

「いいんだよ、礼なんてすんな。それより、頼むぜ？　俺たちの頭《かしら》はお前なんだからよ」

「……ああ。わかってる。わかっているとも」

人間との約束を果たすため、そして仲間と生き残るため、我らは集まって、できるだけ争いを避けて暮らした。

だが、我は人間を忘れるどころか、人間の住む世界について思いを馳《は》せ続けた。

そんな日々を過ごして何百年。ある日……懐かしい魔力の気配がした。

ゲートからだ。それも、人間の住む世界へ続くものが。

気づけば、我はゲートに入っていた。そして、その先には人間がいた。懐かしい、とても懐かしい気配をまとった人間が。

とっさに、我はいつもの態度とは違い、悪魔らしく振る舞ってしまう。昔の我が、あのとき人間と会った我がどんな風に振る舞っていたのか覚えていなかったからだ。

それでも、その人間は我を受け入れた。

あの人間と同じ名を持ち、それ以上の強さと美しさを持つ人間。

「アーさん！　どうしたんですか？　具合でも悪いんです？」

「いや。大丈夫だ、マーガレット」

我はアーさん。ノア村の、アーさんだ。

人間。……この場所を見ていてくれ。人間と悪魔が手を取って暮らす、この場所を。

この作品に対する皆様のご意見・ご感想をお待ちしております。

おハガキ・お手紙は以下の宛先にお送りください。

【宛先】

〒150-6019 東京都渋谷区恵比寿 4-20-3 恵比寿ｶﾞｰﾃﾞﾝﾌﾟﾚｲｽﾀﾜｰ 19F
（株）アルファポリス　書籍感想係

メールフォームでのご意見・ご感想は右のＱＲコードから、
あるいは以下のワードで検索をかけてください。

アルファポリス　書籍の感想　検索

ご感想はこちらから

本書は、「アルファポリス」（https://www.alphapolis.co.jp/）に掲載されていたものを、
改稿、加筆のうえ、書籍化したものです。

御伽《おとぎ》の国《くに》の聖女様《せいじょさま》！～婚約破棄《こんやくはき》するというので、聖女《せいじょ》の力《ちから》で結界《けっかい》を吸収《きゅうしゅう》してやりました。精々頑張《せいぜいがんば》ってください、私《わたし》はもふもふと暮《く》らします～

地鶏（じどり）

2024年　3月　5日初版発行

編集－塙 綾子
編集長－倉持真理
発行者－梶本雄介
発行所－株式会社アルファポリス
〒150-6019 東京都渋谷区恵比寿4-20-3 恵比寿ｶﾞｰﾃﾞﾝﾌﾟﾚｲｽﾀﾜｰ19F
TEL 03-6277-1601（営業） 03-6277-1602（編集）
URL https://www.alphapolis.co.jp/
発売元－株式会社星雲社（共同出版社・流通責任出版社）
〒112-0005 東京都文京区水道1-3-30
TEL 03-3868-3275
装丁・本文イラスト－くろでこ
装丁デザイン－AFTERGLOW
（レーベルフォーマットデザイン―ansyyqdesign）
印刷－図書印刷株式会社

価格はカバーに表示されてあります。

落丁乱丁の場合はアルファポリスまでご連絡ください。

送料は小社負担でお取り替えします。


ISBN978-4-434-33500-6 C0093